Dans un mois, dans un an

Dans un mois, dans un an

by Françoise Sagan

Copyright © Julliard, 1957
All rights reserved.
Korean translation copyright © 2007 by Sodam&Taeil Publishing House.
Korean edition is published by arrangement with Editions Julliard
through Imprima Korea Agency.

Dans un mois, dans un an
한 달 후 일 년 후

펴 낸 날	|	2007년 12월 21일 초판 1쇄
		2022년 2월 15일 개정판 1쇄
지 은 이	|	프랑수아즈 사강
옮 긴 이	|	최정수
펴 낸 이	|	이태권
책임편집	|	안여진
책임미술	|	박은정
펴 낸 곳	|	소담출판사

서울특별시 성북구 성북로5길 12 소담빌딩 301호 (우)02880
전화 | 02-745-8566   팩스 | 02-747-3238
등록번호 | 1979년 11월 14일 제2-42호
e-mail | sodambooks@naver.com
홈페이지 | www.dreamsodam.co.kr

ISBN   979-11-6027-285-7 04860
         979-11-6027-283-3 04860 (세트)

• 책 값은 뒤표지에 있습니다.
• 잘못된 책은 구입하신 곳에서 교환해드립니다.

Françoise Sagan

한 달 후, 일 년 후

프랑수아즈 사강 지음 | 최정수 옮김

Dans un mois, dans un an

소담출판사

차례

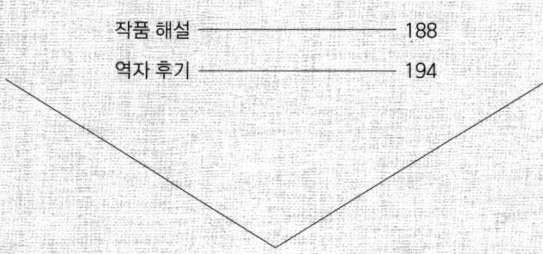

기 쇼엘러에게

이런 식으로 생각하면 안 된다.

그러면 미쳐버리게 된다.

「맥베스」 2막

1

베르나르가 카페 안으로 들어섰다. 그는 네온 불빛 때문에 일
그러진 모습으로 보이는 몇몇 손님의 눈길을 받으며 잠시 망설
이다가, 계산 담당 여직원에게 다가갔다. 그는 호사스럽고, 당당
하고, 몽상에 빠져 있다가 돈과 성냥갑들이 오고 갈 때 간간이
그 몽상에서 빠져나오는, 바의 계산 담당 여직원들을 좋아했다.
여직원은 미소 없이, 지친 표정으로 그에게 공중전화용 토큰을
내밀었다. 새벽 네 시가 가까운 시각이었다. 공중전화 박스는
지저분했고, 전화기는 축축했다. 그는 조제의 전화번호를 눌렀
고, 밤새 파리 이곳저곳을 무리하게 싸돌아다녔지만 결국 이런
상황으로 내몰리고 말았음을 깨달았다. 기계적으로 이런 행동
을 할 만큼 무척이나 피곤한 이런 순간으로. 게다가 그는 새벽
네 시에 젊은 여자에게 전화를 걸 만큼 어리석어지기까지 했다.
물론 조제는 그의 무례함에 대해 언급하지 않을 것이다. 하지만

이런 행동에는 그가 싫어하는 앙팡 테리블('무서운 아이들'이라는 뜻의 프랑스어. 장 콕토가 1929년 발표한 소설 제목이기도 하다. 타협적인 성인들의 세계에 편입될 것을 거부하고 거칠게 행동하는 청소년들의 심리를 단적으로 표현하는 단어로, 한때 세계적인 유행어가 되기도 했다―옮긴이)의 측면이 존재했다. 그는 그것이 마음에 들지 않았다. 지금 이 상황에서는 최악의 사실이었다. 그러나 그는 그녀가 무엇을 하고 있는지 알고 싶었다. 하루 종일 그 생각이 머릿속을 떠나지 않았다.

전화 신호음이 울렸다. 그는 벽에 몸을 기대고, 담뱃갑을 꺼내기 위해 한쪽 손을 주머니에 집어넣었다. 신호음이 멈추고, 잠자고 있었던 듯한 청년의 목소리가 들려왔다. "여보세요." 그리고 이어서 "누구야?" 하는 조제의 목소리.

베르나르는 두려움에 질린 채 전화를 건 사람이 자기라는 것을 그녀가 알아챌까 봐, 자기도 모르게 그녀를 놀라게 했을까 봐 염려하면서 꼼짝 않고 있었다. 끔찍한 순간이었다. 그는 주머니에서 담뱃갑을 꺼냈고, 전화를 끊었다. 그는 상스러운 말을 중얼거리며 강변도로를 다시 걸었다. 마음속에서 들려온 다음과 같은 목소리가 그를 누그러뜨렸다. '그녀는 너에게 빚진 것이 아무것도 없어. 너 역시 그녀에게 아무것도 요구하지 않았고. 그녀는 부자고 자유로워. 게다가 너는 그녀와 정식으로 사귀는 게 아니야.' 그는 그 목소리가 싫었다. 그는 자기 안에서 소용돌이 치는 고뇌와 근심의 물결을, 전화를 하고 싶은 충동을 간파하고 있었다. 그것은 강박관념이 되었고, 앞으로 닥쳐올 그의 나날을 채울 가장 뚜렷한 특징이 되고 있었다. 그는 한창 때의 청년인 양 행동했다. 조제와 함께 인생에 대해, 책들에 대해 이야기했 고, 그녀와 함께 하룻밤을 보냈다. 이 모든 것을 고상하면서도 경솔한 방식으로 했다. 조제의 아파트가 그렇게 하기에 적합했 다는 것도 말해둬야겠다. 지금 그는 집으로 돌아가 자신의 작업 대 위에서 뒤죽박죽이 되어버린 나쁜 환상을 발견하려 하고 있 었다. 침대 속에서는 아내가 자고 있을 터였다. 그녀는 그 시간 이면 늘 잠을 잤다. 그가 다시는 돌아오지 않을까 봐 걱정이라도 하는 듯, 금발에 감싸인 어린아이 같은 얼굴을 문 쪽으로 향한 채. 하루 온종일 그를 기다렸듯이 잠 속에서도 불안한 심정으로 그를 기다리면서.

　청년이 전화기를 도로 내려놓았고, 조제는 청년이 마치 제 집에 있는 양 전화기를 들고 말하는 것을 지켜보면서 치밀어올랐던 분노를 지그시 억눌렀다.

　그가 퉁명스럽게 말했다.

　"누군지 모르겠네요. 남자가 전화를 그냥 끊어버렸어요."

　"왜 '남자'라고 말하는 거야?"

　조제가 물었다.

　"한밤중에 여자 집에 전화하는 건 늘 남자니까요. 그리고 나선 전화를 끊어버리는 것도."

　청년이 하품을 하며 말했다.

　조제는 그가 여기서 무엇을 하고 있는 건지 자문하면서 호기심 어린 눈길로 그를 바라보았다. 알랭 집에서 저녁 식사를 한 뒤 청년이 자신을 집에 데려다주도록, 그런 다음에는 자신의 집으로 들어오도록 내버려둔 이유가 무엇인지 그녀는 알 수 없었다. 그는 꽤 잘생긴 남자였다. 그러나 통속적인 데가 있고 재미도 없었다. 어떤 관점에서 보면 베르나르에 비해 한참 지적이지

못했고, 매력도 부족했다. 침대에 앉아 있던 청년이 손목시계를
집어들었다.

"네 시네요. 더러운 시간이에요."

"왜 더러운 시간이라는 건데?"

청년은 대답하지 않고 조제 쪽으로 몸을 돌려 그녀를 뚫어져
라 바라보았다. 조제도 그를 마주 바라보다가 침대 시트를 끌어
올려 몸을 덮으려 했다. 그러다가 손길을 뚝 멈췄다. 그녀는 그
가 무슨 생각을 하고 있는지 깨달았다. 그는 그녀를 집에 데려다
주었고, 그녀를 거칠게 덮쳤으며, 그녀 옆에서 잠이 들었다. 그
리고 지금은 그녀를 평온하게 바라보고 있었다. 그는 그녀가 무
엇을 하는 사람인지 그리고 그녀가 그에 대해 어떻게 생각하는
지 거의 관심이 없었다. 그리고 지금 이 순간, 그녀는 그에게 속
해 있었다. 지금 그녀 안에서 치밀어오르는 것은 이러한 확신에
대한 짜증스러움도, 분노도 아니었다. 그녀는 퍽이나 유순한 기
분이었다.

그가 그녀의 얼굴이 보일 때까지 기다리더니, 진지한 목소리
로 시트를 끌어내리라고 했다. 그녀는 시트를 젖혔고, 그는 서두
르지 않고 그녀의 몸 구석구석을 탐했다. 몸을 돌려 배를 깔고

누우면서 그녀는 부끄러움을 느꼈다. 그녀는 몸을 까딱할 수 없었고, 베르나르에게 혹은 다른 누군가에게 해야 했던 스스럼없는 말을 찾아낼 수 없었다. 청년은 이해할 수도, 웃을 수도 없으리라. 그녀는 마음 깊은 곳으로부터 그것을 알 수 있었다. 그녀에게는 자신이 만들어낸 만고불변의 일차적인 관념이 있었고, 청년은 그것을 결코 바꾸지 못할 터였다. 심장이 거칠게 뛰었고, 그녀는 승리감에 가득 차서 생각했다. '난 길을 잃었어.' 청년이 수수께끼 같은 미소를 입가에 띤 채 그녀에게 몸을 숙였다. 청년이 눈도 깜박이지 않고 다가왔고, 그녀는 그 모습을 골똘히 바라보았다.

"역시 전화는 뭔가에 쓸모가 있어야 해요."

그가 말했다.

그러더니 갑자기 조급해하며 그녀의 몸 위로 쓰러졌다. 그녀는 눈을 감았다.

'이제 난 이 일에 대해 농담을 할 수 없을 거야.'

그녀는 생각했다.

이 일은 결코 가벼운 밤의 사건이 아닐 것이다. 이 일은 늘 이 눈길에, 이 눈길 속에 존재했던 어떤 것에 결부될 것이다.

*

　"당신 자요?"

　파니 말리그라스가 신음했다.

　"나 천식이 도졌어요. 알랭, 미안하지만 차 한 잔만 갖다줄래요?"

　알랭 말리그라스가 트윈 침대 한쪽에서 겨우 모습을 드러내더니 실내복을 조심스레 몸에 걸쳤다. 말리그라스 부부는 아름다운 사람들이었고, 1940년 전쟁(제2차 세계대전 중인 1940년 6월 프랑스가 독일에 대항하여 동부전선에 마지노선을 구축하고 행한 전쟁을 뜻한다. 이때 프랑스는 열세에 몰려 정부가 파리를 떠나고 국민은 남쪽으로 피난을 가게 되었다—옮긴이) 전까지 오랜 세월 서로에게 홀딱 빠져 있었다. 그리고 사 년 동안 떨어져 지내다가 각자 오십대가 되어 많이 변하고 주름진 모습으로 다시 만났다. 그런 상황 속에서 그들은 서로 지나간 세월의 흔적을 상대방에게 숨기고 싶은 마음에 무의식적으로 꽤나 감격스럽고 수줍은 태도를 취했다. 그들은 또한 젊은이들에 대해 강렬한 호감을 갖게 되었다. 사람들은 호의적인 태도로 말리그라스 부부가 젊은이들을 아낀다고 말했고, 그러한 호의 덕분에 말리그라스 부부의 태도는 금세 정당화되었다. 왜냐하면 그들이 함께 어울려 기분 전환을 하고 쓸데없는 충고나 늘어놓으려고 젊은이들을 좋아한 것이 아니라, 중년의 사람들보다 젊은이들이 훨씬 더 흥미롭다는 이유로 젊은이들을 좋아했기 때문이다. 흥미롭다는 것은 그들 부부 두 사람에게는 젊은이들의 신선한 육체에 대한 자연스러운 애정을 지닌 채 어떤 사건이 일어나면 망설이지 않고 실행하는 것을 뜻했다.

오 분 뒤, 알랭이 아내의 침대에 찻잔이 담긴 쟁반을 얹어놓고는 연민 어린 시선으로 그녀를 바라보았다. 알랭의 움푹 파이고 어둡고 조그만 얼굴은 불면 때문에 긴장되어 있었다. 변함없이 아름다운, 애절한 빛을 띤 청회색의 두 눈만이 민첩하게 반짝이고 있었다.

"지난밤은 좋았어요."

파니가 찻잔을 집어들면서 말했다.

알랭은 조금 주름진 그녀의 목으로 차가 흘러들어가는 모습을 바라보며 아무 생각도 하지 않았다. 그러려고 애썼다.

"베르나르가 항상 아내 없이 혼자 오는 걸 난 이해하지 못하겠어. 조제가 몹시 매력적이었다는 것도 말해두고 싶군."

16

그가 말했다.

"베아트리스도요."

파니가 웃으며 대꾸했다.

알랭도 그녀를 따라 함께 웃기 시작했다. 베아트리스에 대한 알랭의 경탄은 아내 파니와 그 사이에 오가는 농담의 주제였다. 그러나 파니는 이 농담이 알랭에게 얼마나 잔인한 것이 되어버렸는지 알지 못했다. 매주 월요일, 자신들이 개최하는 월요 살롱에 대해 농담을 하면서 베아트리스의 이름을 입에 올리고 나면, 알랭은 몸을 떨면서 잠자리에 들었다! 베아트리스는 아름다운 동시에 난폭했다. 그녀를 생각할 때마다 이 두 개의 형용사가 그의 머릿속에 떠올랐고, 그는 이 두 개의 형용사를 한없이 되뇌지 않을 수 없었다. "아름답고 난폭해." 웃을 때 비극적이고 어두운 얼굴을 감추고 있는 베아트리스. 왜냐하면 웃음은 그녀에게 어울리지 않으니까. 화가 나서 자기 직업에 대해 이야기하는 베아트리스. 그녀는 자기 직업에서 아직 성공하지 못하고 있으니까. 파니의 말을 빌리면 베아트리스는 조금 바보스러운 데가 있었다. 바보스러운. 그랬다. 그녀는 조금 바보스러웠다. 하지만 어떤 감흥을 불러일으키는 바보스러움이었다. 알랭은 지난 이십 년 동안 한 출판사에서 일하고 있었다. 그는 봉급이 많지는 않았지만 교양 있는 남자였고, 아내와 단단히 결속되어 있었다. 그런 그에게 '베아트리스에 대한 농담'이 어떻게 이렇듯 큰 무게를 지니게 되었을까? 매일 아침 잠자리에서 일어날 때마다 힘겹게 들어올려야 하고, 다음 월요일이 올 때까지 매일 끌고 다녀야 하는 큰 무게가? 베아트리스는 매주 월요일이면 그가 파니와 함께 매력적인 중년 부부의 역할을 행하고 있는, 그가 세련되고, 정신적이고, 방심한 오십대 남자 역할을 행하고 있는 이 집을 방문하기 때문이었다. 그는 베아트리스를 사랑하고 있었다.

"베아트리스는 X의 다음번 연극에서 작은 역할을 하나 맡게 되길 바라고 있더군요…… 참, 샌드위치는 충분했어요?"

파니가 말했다.

말리그라스 부부는 그들의 월요 살롱을 계속 유지하기 위해 재정적으로 곡예를 해야만 하는 상황이었다. 따라서 일반적인 풍습에 따르는, 위스키를 곁들인 앙트레는 그들에게는 재앙이었다.

"그랬던 것 같아."

알랭이 대답했다.

그는 침대 가장자리에 걸터앉은 채 앙상한 두 무릎 사이에 양손을 늘어뜨리고 있었다. 파니가 연민이 담긴 눈으로 상냥하게 그를 살폈다.

"노르망디에 사는 당신의 젊은 친척이 내일 도착해요. 그가 순결한 마음과 고상한 정신을 가진 젊은이였으면 좋겠네요. 그리고 조제가 그에게 반했으면 좋겠고요."

그녀가 말했다.

"조제는 아무에게도 반하지 않아. 자, 이제 우리 잠 좀 자볼 수 있겠지?"

알랭이 말했다.

그는 아내의 무릎 위에 놓인 쟁반을 치우고, 그녀의 이마와 뺨에 키스했다. 그리고 다시 자리에 누웠다. 라디에이터가 켜져 있지만 한기가 달려들었다. 그는 한기에 떠는 나이 든 남자였다. 그리고 문학은 그에게 아무런 도움이 되지 못했다.

*

한 달 후, 일 년 후, 우리는 어떤 고통을 느끼게 될까요?

주인님, 드넓은 바다가 저를 당신에게서 갈라놓고 있습니다.

티투스가 베레니스를 만나지 못하는 동안,

그 얼마나 많은 날이 다시 시작되고 끝났는지요.

베아트리스는 실내복을 걸친 채 거울 앞에서 자신의 모습을 들여다보았다. 시구가 그녀의 입에서 저절로 흘러나왔다. "내가 이 구절을 어디서 읽었지?" 다음 순간 그녀는 한없는 슬픔과 건강한 분노에 동시에 사로잡혔다. 그녀가 전남편 앞에서 그리고 최근에는 이 거울 앞에서 「베레니스」(프랑스의 고전 비극 작가 라신의 1670년작 희곡 제목—옮긴이)를 암송한 지 벌써 오 년째였다. 그녀는 극장의 관객석이라는 어둡고 거품 이는 바다를 마주하고 서기를 그리고 이렇게 말하기를 원했으리라. "마님, 식사 준비가 다 되었습니다." 정말이지 그녀가 할 수 있는 대사라고는 이것밖에. 없었다.

"그러기 위해서라면 무슨 일이든 할 거야."

그녀는 거울 속에 비친 자신에게 말했다. 거울 속의 그녀가 그녀에게 미소를 지었다.

*

　한편, 노르망디에 사는 알랭의 친척인 젊은 청년 에두아르 말 리그라스는 자신을 수도 파리로 데려다줄 기차에 올라탔다.

2

베르나르는 아침나절 동안 벌써 열 번이나 의자에서 일어나 창가로 가서 몸을 기댔다. 더 이상 어떻게 할 수가 없었다. 글을 쓰는 것은 그를 창피스럽게 했다. 그가 쓰고 있는 것이 그를 창피스럽게 했다. 마지막 페이지들을 다시 읽어보면서, 그는 견딜 수 없는 무상감에 사로잡혔다. 거기에는 그가 말하려고 했던 것이 하나도 없었고, 때때로 그가 감지했다고 믿은 본질적인 어떤 것이 하나도 없었다. 베르나르는 잡지에 짤막한 비평을 쓰고 알랭이 일하는 출판사와 몇몇 신문사에서 투고 원고를 읽어주는 일로 생활비를 벌고 있었다. 베르나르는 삼 년 전에 알랭이 일하는 출판사에서 소설 한 권을 펴냈다. 평론가들은 그 소설을 "심리적 특성 몇 가지를 지닌" 하찮은 작품이라고 규정지었다. 삶에서 그가 원하는 것은 두 가지였다. 좋은 소설을 쓰는 것, 그리고 최근에는 조제. 그런데 단어들이 계속해서 그를 배반했고, 조제는 어느 고장 혹은 어느 청년—결코 아무도 알지 못하는—에 대한 급작스럽고 일시적인 심취에 사로잡혀 모습을 감춰버렸다. 그녀 아버지의 재산과 그녀 자신의 매력이 욕망을 마음껏 채우도록 허락하고 있었다.

"뭐가 잘 안 돼?"

니콜이 들어와 그의 뒤에 서 있었다. 그는 니콜에게 일을 해야 하니 혼자 있게 해달라고 말했었다. 하지만 그녀는 아침에 한 번 얼굴을 봤을 뿐이라는 핑계를 대면서 끊임없이 서재 안에 들어오려고 했다. 물론 그는 알고 있었다. 하지만 받아들일 수가 없었다. 그녀가 살기 위해 그의 얼굴을 볼 필요가 있다는 것, 삼 년이 지났지만 날이 갈수록 그녀가 그를 더욱 사랑한다는 것을. 그에게는 그 사실이 거의 기괴하게 느껴졌다. 왜냐하면 그는 더 이상 그녀에게 매력을 느끼지 못하고 있었기 때문이다. 그는 그들이 사랑하던 시절 그 자신의 이미지 그리고 그녀와 결혼하기 위해 자신이 했던 일종의 결심을 즐겨 떠올릴 뿐이었다. 그때 이후로 그는 무엇이 되었든 간에 중대한 결심이라는 것을 한 번도 해본 적이 없었다.

"그래, 전혀 안 돼. 나 자신이 그런 것처럼. 게다가 언젠가 잘

될 거라는 가능성도 거의 안 보여."

"그렇지 않아, 여보. 난 그렇지 않다고 확신해."

그의 작업에 대한 그녀의 이런 상냥한 낙관주의는 그 무엇보다도 그를 참을 수 없게 했다. 만약 조제가 그에게 이 말을 했다면, 혹은 알랭이 했다면, 그는 아마도 거기서 어떤 자신감 같은 것을 길어올렸을 것이다. 그러나 조제는 그가 하는 일에 관해 전혀 몰랐다. 그녀가 그렇다고 고백했다. 그리고 알랭, 그는 베르나르에게 용기를 북돋워주고 있지만, 그 자신은 문학과 조심스럽게 게임을 하고 있었다. "본질, 그건 지나간 다음에야 보이는 거야." 알랭이 말했다. 알랭이 정말로 의미했던 건 무엇일까? 베르나르는 이해한 척했다. 하지만 종잡을 수 없는 그 모든 말이 베르나르를 짜증스럽게 했다. "글을 쓴다는 것, 그것은 종이 한 장, 만년필 한 자루, 그리고 시작하기 위한 개념 하나의 그림자를 갖는 거예요." 파니가 말했다. 베르나르는 파니를 매우 좋아했다. 그들 부부 두 사람을 모두 무척 좋아했다. 그러나 사랑하는 사람은 아무도 없었다. 조제로 말하자면 그를 자극하고 있었다. 그에게는 그녀가 필요했다. 그게 전부였다. 무엇으로 그 마음을 억누를 수 있을까?

아내 니콜은 언제나 그의 곁에 있었다. 그녀는 집 안을 정돈했다. 그가 그녀를 온종일 홀로 내버려두는 이 조그만 아파트 안을 정돈하며 시간을 보냈다. 그녀는 파리도 문학도 알지 못했다. 이 두 가지는 그녀에게 경탄과 공포를 동시에 불러일으켰다. 그녀를 그 두 가지 안으로 들어갈 수 있게 해줄 유일한 열쇠는 베르나르였다. 그러나 베르나르는 그녀에게서 자꾸만 빠져나갔다. 그는 그녀보다 더 지적이고 매력적이었다. 사람들은 그를 많이 찾았고, 지금 그녀는 아이를 가질 수 없었다. 그녀가 아는 것이라고는 루앙과 자기 아버지의 약국뿐이었다. 언젠가 베르나르가 그녀에게 이 사실을 말한 적이 있다. 그런 다음 그녀에게 용서해달라고 애원했다. 그때 그는 눈에 눈물이 가득 고인 어린아이처럼 연약했다. 하지만 그녀는 일상적인 잔인함보다는 차라리 그런 어색한 잔인함을 더 좋아했다. 이를테면 베르나르가 점심을 먹은 뒤 그녀에게 태연하게 키스를 하고는 집을 떠나서 밤늦게야 돌아오는 것보다 말이다. 베르나르와 그의 걱정거리는 그녀에게는 언제나 놀라운 선물이었다. 하지만 사람이 선물과 결혼할 수는 없다. 그녀는 그를 원망조차 할 수 없었다.

베르나르가 니콜을 바라보았다. 그녀는 퍽 예쁘고 퍽 슬퍼 보였다.

"당신, 오늘 밤 나와 함께 말리그라스 부부 집에 가고 싶어?"

그가 온화한 목소리로 물었다.

"응, 그러고 싶어."

그녀가 대답했다.

그녀는 갑자기 행복한 표정이 되었고, 베르나르는 회한에 사로잡혔다. 그러나 그것은 너무나 오래되고 낡아빠진 회한이어서, 베르나르는 그것에 계속 얽매이지는 않았다. 니콜을 말리그라스 부부 집에 데려가도 아무런 위험이 없었다. 조제는 거기 오지 않을 테니까. 설사 조제가 온다 하더라도, 그가 아내와 함께 간다면 조제는 그에게 주의를 기울이지 않을 것이다. 혹은 니콜에게만 이야기를 건넬 것이다. 조제는 그런 종류의 거짓 선의를 갖고 있었고, 그것이 불필요하다는 것을 깨닫지 못했다.

"당신을 데리러 아홉 시쯤 집에 들를게. 당신 오늘 뭐 할 거야?"

그가 물었다.

그리고 즉시 그녀가 달리 대답할 말이 없다는 것을 깨달았다.

"날 위해 이 원고를 좀 읽어줘. 난 읽을 시간이 없을 것 같아."

물론 그는 그럴 필요가 없다는 것을 알고 있었다. 니콜은 활자 매체에 대단한 존경심을 품고 있었고, 다른 사람의 직업에 대해 무척 경탄스러워했다. 그런 마음이 너무 심한 나머지 어리석게 여겨질 정도였고, 비판적인 평가를 전혀 하지 못했다. 게다가 그녀는 아마도 그에게 도움이 될 거라 생각하면서 그 원고를 반드시 읽어야 한다고 믿었다. '니콜은 자신이 필수불가결한 존재이길 원해. 정말이지 어리석은 여자야……' 그는 조금 화가 난 채계단을 내려가면서 생각했다. 아래층에 걸려 있는 거울 속을 들여다본 그는 자신의 노기 어린 표정을 보고 깜짝 놀랐고 부끄러움을 느꼈다. 이 모든 것은 지독한 혼돈일 뿐이었다.

출판사 사무실에 도착하니 알랭이 극도로 흥분한 표정으로 그를 맞았다.

"베아트리스의 전화야. 자네를 찾는군. 자네가 자기를 곧바로 기억해내는지 궁금해하는데?"

베르나르는 전쟁 직후에 베아트리스와 꽤나 격정적인 관계를 가졌었다. 베르나르가 알랭에게 조금은 거만한 상냥함을 보여주었고, 그러자 알랭의 얼굴이 눈에 띄게 환해졌다.

베르나르가 전화기를 건네받았다.

"베르나르?(베아트리스는 지나치게 침착한, 대낮의 목소리로 이야기했다.) 베르나르, 당신 X 알아요? 그의 희곡이 당신이 다니는 출판사에서 출간되었잖아요, 안 그래요?"

"그를 조금 알죠."

베르나르가 대답했다.

"그가 다음번 희곡 건으로 파니에게 나에 대해서 이야기했대요. 그를 만나서 이야기를 좀 나눠봐야겠어요. 베르나르, 내 이야기 좀 잘해줘요."

그녀의 목소리가 베르나르로 하여금 전쟁 직후였던 그들 청춘 시절의 황금빛 나날을 조금 떠올리게 했다. 그때 그들은 각자 자신의 온화한 부르주아 가정을 저버렸고, 둘이 만나 저녁 식사를 하기 위해 백 프랑을 구하러 이리저리 돌아다녔다. 베아트리스는 인색하기로 소문난 어느 바 주인에게 천 프랑을 가불해달라고 졸랐다. 바로 이런 목소리로. 자신의 의지를 그 정도까지 밀고 나간다는 것은 몹시 드문 일이었다.

"그래요, 내가 손을 써볼게요. 오후 끝 무렵에 당신에게 다시 전화하죠."

"다섯 시에 해요. 베르나르, 사랑해요. 난 늘 당신을 사랑했어요."

베아트리스가 단호한 어조로 말했다.

"이 년 동안."

베르나르가 웃으며 대꾸했다

베르나르는 계속 웃으면서 알랭을 향해 몸을 돌렸고, 알랭의 표정이 심상치 않음을 간파했다. 베르나르는 재빨리 알랭을 외면했다. 베아트리스의 목소리가 방 안에 계속 맴도는 듯했다. 베르나르는 얼른 대화를 이어갔다.

"좋아요, 아무튼 오늘 밤 알랭 집에서 당신을 볼 수 있겠죠?"

"그럼요, 물론이죠."

"알랭이 내 옆에 있는데, 그와 통화할래요?"

베르나르가 물었다(그는 자신이 왜 이 질문을 하는지 알 수 없었다).

"아뇨, 그럴 시간이 없어요. 내가 키스를 보낸다고 그에게 전해줘요."

알랭 말리그라스는 이미 전화기 쪽으로 손을 뻗고 있었다. 베르나르가 알랭에게 등을 돌리고 있었으므로 베르나르에게는 그의 손만 보였다. 깨끗이 손질되고 정맥이 두드러진 그 손만.

"그렇게 전할게요. 그럼 이따 봐요."

베르나르가 말했다.

전화기 쪽으로 다가오던 알랭의 손이 아래로 떨어졌다. 베르나르는 잠시 시간을 두고 기다리다가 그를 돌아보았다.

"베아트리스가 당신에게 키스를 보낸답니다. 기다리는 사람이 있어서 전화를 그만 끊어야 한다는군요."

베르나르가 말했다. 자기 자신이 매우 불행하게 느껴졌다.

*

조제는 투르농 거리, 말리그라스 부부의 집 앞에 자동차를 세웠다. 밤이었고, 가로등 불빛을 받아 자동차 앞유리에 달라붙은 먼지와 모기들이 반짝였다.

"아무래도 난 당신과 함께 가지 않는 게 나을 것 같아요. 사람들에게 뭐라고 말을 해야 할지 모르겠거든요. 난 가서 공부나 조금 할래요."

청년이 말했다.

조제는 안도감과 실망감을 동시에 느꼈다. 그와 함께 시골에

30

서 보낸 지난 열흘은 그녀에게 퍽이나 큰 중압감을 안겨주었다. 그는 절대적인 침묵에 빠져 있거나 아니면 지나치게 활기차 있거나 했다. 또한 그의 평온하고 반쯤은 저속한 태도는 그녀를 끌어당기는 것만큼이나 그녀를 두렵게 하곤 했다.

"공부를 하게 되면 당신 집에 들를게요. 너무 늦게 돌아오지 않도록 애써봐요."

청년이 말했다.

"집에 돌아가게 될지 어쩔지 모르겠어."

조제가 성을 내며 말했다.

"그렇게 되면 그렇다고 말해주고요. 내가 쓸데없이 당신 집에 가는 수고를 하지 않도록 말이에요. 난 차도 없잖아요."

그가 대답했다.

그녀는 청년이 무슨 생각을 하고 있는지 알지 못했다. 그녀가 그의 어깨 위에 한 손을 얹었다.

"자크."

그녀가 말했다.

그가 평온한 표정으로 그녀를 응시했다. 그녀는 다른 한 손을 내밀어 그의 얼굴을 윤곽을 따라 어루만졌고, 그는 이마를 조금 찡그렸다.

"내가 그렇게 마음에 들어요?"

그가 희미하게 웃으며 말했다.

"우스꽝스러운 질문이네. 그보다는 내가 당신에게 홀딱 빠졌다거나 그와 비슷한 거라고 생각해야 할 거야. 자크 F, 의과대학 학생, 내 외인부대 병사. 참 희극적이지. 이건 육체의 문제도 아니야. 난 이 문제가 나를 나에게서 반사시키는 혹은 나를 끌어당기는 영상인지, 아니면 영상의 부재인지, 그것도 아니면 영상 자체인지 알 수가 없어. 하지만 무엇이 됐든 간에 별 흥미 없어. 어쨌든 잔인한 일은 아닐 거야. 그건 그냥 존재해. 그래, 이게 정확한 표현이야. 난 당신이 무척 마음에 들어. 아직 강렬한 열정이라고는 할 수 없지. 하지만……."

"강렬한 열정이라, 그건 분명 존재하죠."

그가 진지한 태도로 대꾸했다.

조제는 속으로 생각했다.

'세상에, 이 녀석은 형체가 없는 키 큰 금발 여자와 사랑에 빠진 거야. 내가 질투심을 느낄 수 있을까?'

그녀가 물었다.

32

"당신, 벌써 강렬한 열정을 경험해본 거야?"

"내가 아니고, 내 친구 녀석 얘기예요."

그녀는 웃음을 터뜨렸고, 그는 골을 낼지 말지 망설이며 그녀를 바라보다가 결국 그녀를 따라 웃기 시작했다. 그러나 즐거워서 웃은 게 아니었다. 그는 쉰 목소리로, 거의 성을 내며 웃었다.

*

베아트리스는 말리그라스 부부 집으로 보무도 당당하게 입성했고, 파니는 그녀의 아름다움에 충격을 받았다. 어떤 여자들에게는 야망이 불러일으키는 흥분보다 더 잘 어울리는 것이 없다. 반면 사랑은 그 여자들을 무기력하게 만든다. 알랭 말리그라스는 허둥지둥 베아트리스를 맞으러 달려나가 그녀의 손에 키스를 했다.

"베르나르도 왔나요?"

베아트리스가 물었다.

그녀는 이미 도착한 열 명 남짓한 손님들 속에서 베르나르를 찾아보았다. 그녀는 어서 베르나르를 찾기 위해 알랭을 마구 몰아붙일 수도 있었다. 알랭이 기쁨과 자상함을 얼굴에 떠올리면서 그녀에게서 멀어져갔다. 너무나 급작스럽게 그런 기분을 느낀 나머지 얼굴이 조금 찡그려질 정도였다. 베르나르는 아내 니콜, 그리고 이름을 알 수 없는 한 젊은 남자와 함께 긴 소파에 앉아 있었다. 알랭이 서둘렀음에도 불구하고, 베아트리스가 벌써 니콜을 알아보았고 곧 연민에 사로잡혔다. 니콜은 양손을 무릎 위에 얹은 채, 입가에는 수줍은 미소를 띠고 똑바로 앉아 있었다. 베아트리스는 생각했다. '난 저 여자에게 사는 법을 가르쳐 줘야 해.' 그런 생각이 마치 선의에서 우러나오는 것인 양 그녀의 내부에서 느껴졌다.

그녀가 베르나르에게 말을 건넸다.

"베르나르, 당신은 고약한 사람이에요. 왜 다섯 시에 내게 전화 안 했어요? 당신 전화가 오지 않아서 내가 사무실로 열 번이나 전화했다고요. 안녕하세요, 니콜."

"X를 만나러 갔어요. 내일 저녁 여섯 시에 셋이서 한잔하기로 약속했습니다."

베르나르가 의기양양하게 대답했다.

베아트리스는 그들이 앉아 있는 긴 소파 위에 무너지듯 주저앉은 뒤 이름을 알 수 없는 젊은 남자를 옆으로 조금 떠밀었다. 그런 다음 그에게 양해를 구했다. 파니가 다가와 말했다.

"베아트리스, 당신 알랭의 조카 몰라요? 이름이 에두아르 말리그라스인데."

베아트리스는 젊은 남자를 바라보며 살짝 미소를 지어 보였다. 젊은 남자의 얼굴에는 저항할 수 없는 뭔가가 있었다. 젊은 이다운, 놀라운 선의가 담긴 뭔가가. 그가 너무나 놀란 표정으로 자신을 바라보는 바람에 베아트리스는 웃음을 터뜨리지 않을 수 없었다. 베르나르가 그녀에 동참하여 따라 웃었다.

베아트리스가 말했다.

"무슨 일이에요? 내 머리 모양이 그렇게 이상해요? 아니면 내가 미친 여자처럼 보이기라도 하나요?"

베아트리스는 사람들이 자신을 미친 여자처럼 여기는 것을 좋아했다. 그러나 지금 그녀는 이 젊은 남자가 자신을 아름다운 여자라고 생각한다는 것을 이미 알고 있었다.

젊은 남자가 말했다.

"당신은 미친 여자처럼 보이지 않아요. 만약 그런 생각이 드셨다면 죄송합니다……."

젊은 남자가 너무나 당황한 기색이어서 베아트리스는 불편한 마음이 들었고, 그래서 그를 외면해버렸다. 베르나르가 씩 웃으며 그녀를 바라보았다. 젊은 남자가 자리에서 일어나 자신 없는 걸음걸이로 식당의 테이블 쪽으로 걸어갔다.

베르나르가 말했다.

"저 친구 당신에게 마음을 빼앗겨 제정신이 아니군요."

"이봐요, 베르나르. 제정신이 아닌 건 당신이에요. 난 방금 전에 여기 도착했단 말이에요."

베아트리스가 대꾸했다.

하지만 베아트리스도 속으로 이미 그렇게 생각하고 있었다. 그녀는 사람들이 자신에게 마음을 빼앗겼다고 쉽게 믿었다. 그 사실에서 과도한 허영심을 끌어내지도 않은 채.

"하기야 그런 일은 소설 속에서나 일어나죠. 하지만 저 친구는 소설에 나오는 젊은이가 맞아요. 시골에서 파리로 올라왔고, 그 누구도 사랑해본 적이 없죠. 본인 입으로 그렇다고 절망하며 고백했어요. 하지만 저 친구의 절망은 성질이 변할 겁니다. 우리의 아름다운 베아트리스께서 그를 고통스럽게 할 테니 말이에요."

베르나르가 말했다.

"흰소리는 그만두고 X 이야기나 해봐요. 그는 동성연애자인가요?"

베아트리스가 물었다.

"베아트리스, 당신은 지나치게 앞서가고 있어요."

"그게 아니에요. 난 동성연애자들과는 잘 안 맞아요. 곤란한 노릇이죠. 난 건전한 사람들을 좋아하나 봐요."

베아트리스가 말했다.

"내가 아는 사람 중엔 동성연애자가 한 명도 없는데요."

니콜이 끼어들었다.

"그런 건 중요하지 않아요. 우선 그냥 세 사람이 만나서……."

베르나르가 니콜의 말을 무시하며 말했다.

베르나르가 갑자기 말을 뚝 끊었다. 방금 조제가 도착한 것이다. 조제는 거실 안에 눈길을 던지며 입구에서 알랭과 함께 웃고 있었다. 그녀는 피곤해 보였고 뺨 한쪽에는 검은 자국이 나 있었다. 그녀 쪽에서는 아직 베르나르를 보지 못했다. 베르나르는 어렴풋한 고통을 느꼈다.

"조제, 당신 어디로 사라졌던 거예요?"

베아트리스가 외쳤다.

그러자 조제가 몸을 돌려 그들이 있는 곳을 바라보았고, 가까스로 미소를 띠며 그들이 있는 곳으로 다가왔다. 그녀는 지쳐 보이기도 했고, 행복해 보이기도 했다. 스물다섯 살인 그녀는 방황하는 젊은이 같은 표정이었고, 그 점이 베르나르로 하여금 그녀를 더욱 주목하게 했다.

베르나르가 자리에서 일어나며 말했다.

"내 아내를 모르시죠, 조제 생 질?"

조제는 눈 한 번 깜박이지 않고 니콜에게 미소를 지었다. 그러고는 베아트리스의 뺨에 키스하고 자리에 앉았다. 이제 베르나르는 세 여자 앞에 우두커니 서 있었다.

'이 여자는 어디서 온 거지? 지난 열흘 동안 뭘 한 거지? 혹시 돈이 떨어진 건 아닐까?'

이런 생각 말고는 아무 생각도 들지 않았다.

"난 열흘 동안 시골에 가 있었어요. 무척 황량했죠."

조제가 말했다.

"피곤해 보이네요."

베르나르가 대꾸했다.

"난 시골에 가는 걸 좋아해요."

니콜이 말했다. 니콜은 호감 어린 표정으로 조제를 바라보고 있었다. 조제는 그녀를 겁먹게 하지 않은 최초의 사람이었다. 하기야 조제는 사람들이 그녀를 잘 알고 있을 때 그리고 자신의 친절함이 견딜 수 없을 만큼 지루하게 느껴질 때만 사람들을 두렵게 했다.

"시골을 좋아하세요?"

조제가 물었다.

베르나르는 화가 나서 속으로 생각했다.

'잘한다, 조제가 니콜에게 관심을 갖고 친절하게 이야기를 나누기 시작하는군. 시골을 좋아하세요? 가여운 니콜, 자기가 친구 대접을 받는다고 여기고 있어.'

그는 취하기로 작정하고 바 쪽으로 걸음을 옮겼다.

니콜이 눈으로 그를 뒤쫓았고, 조제는 그 눈길을 보며 짜증과 연민이 뒤섞인 감정을 느꼈다. 조제는 베르나르에게 호기심 비슷한 것을 갖고 있었다. 그러나 그의 정체를 빠르게 파악하면서, 그가 그녀 자신과 지나치게 닮았고, 자신이 애착을 느끼기에는 그가 너무 불안정하다는 것을 깨닫게 되었다. 그건 그 역시 마찬

가지였다. 조제는 니콜의 말에 친절하게 대답해주려고 애썼다. 그러나 곧 지루해졌다. 그녀는 피곤했고, 여기 있는 모든 사람이 생기 없는 사람들로 보였다. 이번 체류는 꽤 오랜 시간이 걸렸고, 그녀는 마치 부조리한 나라로의 긴 여행에서 막 돌아온 것처럼 느껴졌다.

"……그리고 내가 아는 사람 중엔 자동차를 가진 사람이 한 명도 없어서, 숲으로 산책하러 갈 수도 없어요."

니콜이 말했다. 그녀가 말을 멈췄다가 다시 덧붙였다.

"단 한 명도 자동차가 없답니다. 각자 다른 이유로요."

조제는 이 말에 담긴 쓸쓸함에 충격을 받았다.

"외로우세요?"

조제가 물었다.

하지만 니콜은 이미 당황하여 어쩔 줄을 모르고 있었다.

"아니, 아니에요. 그냥 해본 말이에요. 그리고 전 말리그라스 부부를 무척 좋아한답니다."

조제는 잠시 망설였다. 그 일이 있은 지 이제 삼 년이 되었다. 그녀는 니콜에게 사정을 물어보고 니콜을 도우려고 애써볼 수도 있을 것이다. 하지만 피곤했다. 자기 자신이, 자신의 인생이 피곤했다. 통속적인 그 청년이 내게 무슨 의미가 있지? 그리고 이 살롱이? 하지만 조제는 이미 알고 있었다. 이 질문의 답을 찾아내는 것이 문제가 아니라, 그런 질문이 더 이상 제기되지 않을 때까지 기다리는 것이 문제라는 사실을.

"원한다면 다음에 내가 산책하러 갈 때 당신에게 들러 데리고 갈게요."

그녀가 소탈하게 말했다.

베르나르는 한계에 다다라 있었다. 그는 조금 취했고, 젊은 청년 에두아르 말리그라스와 대화를 나누면서 꽤나 큰 즐거움을 느끼고 있었다. 하지만 에두아르 말리그라스는 화제를 베아트리스에 관한 쪽으로만 몰아감으로써 그를 짜증스럽게 했다.

"그녀의 이름이 베아트리스라고 하셨죠? 그리고 연극을 한다고요. 그런데 그 연극 어디서 하죠? 제가 내일 가보려고요. 제가 써둔 희곡이 한 편 있는데, 그녀가 그 희곡의 여주인공 역할에 아주 잘 어울릴 것 같아서요."

에두아르 말리그라스는 한창 열이 올라서 이야기에 몰두했다. 그런 그의 모습에 베르나르는 웃지 않을 수 없었다.

"자네는 희곡을 쓰지 않았어. 그저 베아트리스를 사랑할 준비

41

가 된 것뿐이지. 하지만 친구, 자네는 괴로워질 거야. 베아트리스는 상냥한 여자이긴 하지만 야망의 화신이거든."

옆에 있던 파니가 끼어들었다.

"베르나르, 베아트리스에 대해 나쁘게 말하지 말아요. 오늘 보니 그녀가 당신을 아주 좋아하는 것 같은데. 그리고 난 당신이 저 청년의 음악을 들어줬으면 좋겠어요."

파니가 피아노 앞에 앉아 있는 한 청년을 가리켰다. 베르나르는 조제의 발치에 자리를 잡고 앉았다. 해방된 듯한 기분이 들었고 이루 말할 수 없는 편안함이 느껴졌다. 그는 조제에게 이렇게 말하고 싶었다. '친애하는 조제, 난처한 일이지만 난 당신을 사랑해요.' 이것은 틀림없는 진실일 터였다. 그녀의 아파트 서재에서 그가 처음으로 그녀에게 키스했을 때 그녀가 그의 목을 끌어안던 방식이, 그녀가 그에게 몸을 맞대고 머물던 방식이 갑자기 뇌리에 떠올랐다. 그의 심장에서 피가 왈칵 솟구쳤다. 그녀가 그를 사랑하지 않을 수 없을 것만 같았다.

피아니스트는 매우 아름다운 음악을 연주하였고, 베르나르는 가벼운 문장 하나가 끊임없이 떠오르는 가운데 머리를 숙이고 매우 감미롭게 음악을 들었다. 갑자기 그는 무엇을 써야 할지,

무엇을 설명해야 할지를 깨달았다. 그 문장은 모든 남자의 여인인 조제, 그들의 젊음, 그리고 그들의 매우 우울한 욕망에 대한 것이었다. '그래, 이거야. 아주 사소한 것에 관한 글이지!' 그는 잔뜩 흥분하여 생각했다. '아! 하지만 프루스트, 프루스트가 이미 그것을 했어. 프루스트와 경쟁한다면 내가 할 수 있는 것이 아무것도 없어.' 그가 조제의 손을 잡았고, 조제는 그 손을 거두었다. 니콜이 그를 바라보았고, 그는 니콜에게 미소를 지었다. 그가 니콜을 무척 좋아했기 때문에.

*

에두아르 말리그라스는 순결한 마음을 지닌 청년이었다. 그는 허영심과 사랑을 혼동하지 않았고, 열정적으로 사는 것 외에 다른 야망을 품고 있지 않았다. 그는 캥에서 무척 소박한 삶을 살다가 무장해제된 정복자처럼 파리에 올라왔지만, 성공하고 싶다는 욕망도, 스포츠카를 갖고 싶다거나 사람들에게 주목을 받고 싶다는 욕망도 없었다. 그의 아버지는 어느 보험대리인의 집에 아들이 지낼 적당한 숙소를 마련해주었고, 그는 지난 일주

일 동안 매우 만족하고 있었다. 그는 파리의 버스 승강구가, 카페의 계산대가, 여자들이 그에게 건네는 미소가 좋았다. 확실히 그에게는 저항할 수 없는 뭔가가 있었다. 그것은 시골 출신 청년들이 일반적으로 갖고 있는 순박함이 아니라, 전체적으로 풍기는 유연한 감수성이었다.

베아트리스는 그런 그에게 즉각적인 열정을 불러일으켰다. 그녀는 그에게 특별히 격렬한 욕망을 불러일으켰는데, 그것은 그의 정부(情婦)였던 캥의 공중인의 아내조차도 그에게 결코 주지 못한 것이었다. 게다가 베아트리스는 거침없는 태도와 우아함, 연극, 그리고 야망이 한데 어울려 자아내는 묘한 힘으로 치장한 채 이 살롱에 도착했다. 그는 그 사실을 이해하지 못한 채로 경탄의 염을 느꼈다. 언젠가 베아트리스가 머리를 뒤로 젖히면서 그에게 "난 내 경력보다 당신이 더 중요해요." 하고 말할 날이 반드시 올 터였다. 그러면 그는 그녀의 검은 머리칼 속에 얼굴을 파묻은 뒤 그 비극적인 가면에 키스할 것이고, 그럼으로써 그는 잠잠해질 것이다. 그는 청년이 피아노를 연주하는 동안 레모네이드를 마시며 속으로 이렇게 생각했다. 또한 그는 베르나르가 마음에 들었다. 베르나르에게서 발자크의 소설에서 읽은,

파리 저널리스트들 특유의 빈정대는 듯하면서도 열렬한 태도를 발견했던 것이다.

다음 순간, 에두아르가 베아트리스를 배웅하기 위해 서둘러 다가갔다. 하지만 그녀는 친구에게서 빌린 작은 자동차를 가지고 왔다며 오히려 그에게 집까지 데려다주겠다고 제안했다.

"아닙니다. 제가 당신을 배웅해드릴게요. 저는 걸어서 돌아가면 돼요."

그가 말했다.

그러나 베아트리스는 그럴 필요 없다고 주장했다. 그녀는 그렇게 그의 집에서 그리 멀지 않은, 오스만 대로와 트롱셰 거리가 만나는 길모퉁이에 그를 내려주었다. 그가 어쩔 줄 몰라하는 표정을 짓자, 그녀가 한 손으로 그의 뺨을 살짝 만진 뒤 말했다. "또 봐요, 새끼 염소." 그녀는 사람들에게서 동물과 닮은 점을 찾아내기를 좋아했다. 게다가 이 새끼 염소는 지금 우연에 의해 무일푼이 되었고 그녀의 찬미자들이 있는 곳으로 온순하게 돌아갈 준비가 되어 있는 것처럼 보였다. 어쨌든 꽤 귀여운 청년이었다. 한편, 새끼 염소는 그녀가 차창 너머로 손을 뻗어 만져주었던 뺨에 남아 있는 손끝의 감촉에 매혹된 채 그 자리에 우뚝

서 있었다. 그는 궁지에 몰린 짐승처럼 숨을 헐떡였다. 사실 베아트리스는 평소에 처음 만난 사람에게 하는 것보다 더 빨리 그에게 자기 전화번호를 알려줄까 하는 생각을 잠시 했었다. 이제 파리는 에두아르에게 삶과 발전의 상징이 되었다. 슬픈 당통 말리그라스 일당 혹은 와그람 사무소는 이미 그와 꽤 멀리 떨어져 있었다. 그는 젊은이들이 사랑에 빠졌을 때 하는 것처럼, 날개 돋친 보행자라도 되는 듯 파리를 걸어서 돌아다녔다. 한편 베아트리스는 페드르(라신의 1677년작 희곡 제목이자 주인공 이름—옮긴이)의 독백을 낭송하러 거울 앞으로 갔다. 그것은 아주 좋은 훈련이었다. 성공은 무엇보다도 계획에 따른 노력을 요구했다. 그 무엇도 그것을 무시할 수는 없었다.

3

　지난 한 달 남짓한 시간 동안 조제가 비밀스럽게 '다른 사람들'이라고 부른 사람들과 자크의 첫 만남은 비참했다. 그녀는 자크의 존재를 그들에게 어렵지 않게 숨겨왔다. 왜냐하면 자신과 그들 사이에 존재하는 어떤 것을, 고상한 취미와 존중심에 기반을 두고 있는 어떤 것을 끊어버리고자 하는 강한 유혹을 느꼈기 때문이다. 그것은 그들 그룹의 일원이 서로 좋아하게 만드는 원천이었지만, 동시에 성적(性的)인 설명에 의거하지 않는 한 명백히 잘못된 관계로 보이는 그녀와 자크의 관계 그리고 자크의 존재를 이해할 수 없게 만드는 것이기도 했다. 그나마 오직 파니만이 이해해줄 터였다. 조제가 큰마음먹고 자크를 그들 그룹에 소개하도록 만든 사람 역시 파니였다.

　조제는 투르농 거리로 차를 마시러 갔다. 자크가 그녀를 찾으러 그곳에 들를 터였다. 자크는 그들이 처음 만난 날 밤 말리그라스 부부 집에 자신이 있던 건 우발적인 사건이었다고 그녀에게 설명했다. 그는 베아트리스를 연모하는 남자 중 한 사람에 의해 그곳에 끌려갔던 것이다. 그는 이렇게 덧붙였다. "당신은 정말이지 나를 못 만날 뻔했다고요. 난 지루해 죽을 지경이어서 그곳을 떠나려던 참이었거든요." 그녀는 그가 왜 '나는 당신을 못 만날 뻔했다고요.'라고 혹은 '우리는 서로 못 만날 뻔했다고요.'라고 말하지 않는지 묻지 않았다. 그는 다른 사람들과 관련된 자신의 존재에 대해 말할 때 그것이 유감스러운 일인지 아닌지 분명히 밝히지 않은 채, 그들에게 일어난 하나의 사고처럼 이야기하는 습관이 있었다. 물론 조제는 유감스러운 일이 아닌 쪽으로 이미 결론을 냈다. 그건 분명히 사고였고, 그때 그녀는 이미 피곤해진 상태였다. 그에 대한 그녀의 호기심만큼 강렬한 것이 달리 없었을 뿐이다.

파니는 혼자였고, 새로운 소설을 읽고 있었다. 그녀는 새로운 소설들을 즐겨 읽었다. 그러나 감동이라는 것은 스스로 받아야 하는 것을 알고 있었기 때문에 플로베르나 라신을 인용하는 일은 절대 없었다. 파니와 조제는 서로 무척 좋아했지만 때로는 서로를 당황하게 만들기도 했다. 그렇지만 그녀들이 다른 누구에

48

게도 느끼고 있지 않을 어렴풋한 신뢰감은 물론 존재했다. 파니와 조제는 우선 베아트리스를 향한 에두아르의 미친 듯한 열정과 베아트리스가 X의 연극에서 따낸 역할에 대해 이야기를 나눴다.

파니가 말했다.

"그녀는 가여운 에두아르와 함께 하게 될 연극보다는 X의 연극에서 훨씬 더 잘할 거예요."

파니는 몸매가 호리호리했고, 머리 모양을 세심하게 가다듬고 있었으며, 몸가짐이 단아했다. 연보랏빛 소파가 그녀 그리고 그녀의 영국 가구들과 잘 어울렸다.

"당신은 당신 아파트와 잘 어울려요, 파니. 그런 건 보기 드문 일이라고 생각해요."

조제가 말했다.

"당신 아파트의 인테리어는 누가 했는데요? 아! 그래요, 르베그였죠. 그 사람 인테리어는 아주 좋아요, 그렇지 않나요?"

파니가 물었다.

"전 잘 모르겠어요. 하지만 사람들이 그렇게 말하더군요. 전 그 사람이 저와 잘 맞다고는 생각하지 않아요. 그의 인테리어가 저한테 잘 어울린다는 인상을 받은 적도 없고요. 사람들이 가끔 그렇게 말하지만요."

조제가 대답했다.

순간 조제는 자크를 떠올렸고, 얼굴이 붉어졌다. 파니가 그런 그녀를 유심히 바라보았다.

"당신 얼굴이 붉어졌네요? 난 당신이 지나치게 돈이 많다고 생각해요, 조제. 루브르 학교는 어떻게 되었어요? 그리고 당신 부모님은요?"

"제가 루브르 학교를 어떻게 관리하고 있는지 잘 아시죠? 부모님은 늘 북아프리카에 계세요. 그리고 제게 계속 수표를 보내주시죠. 저는 사회적으로 무익한 존재예요. 뭐, 별 상관없는 일이에요. 하지만……."

그녀는 망설였다.

"하지만 전 제 마음에 드는 일을 정열적으로 하고 싶어요. 아니, 저를 열광시키는 일을요. 같은 맥락일지 모르지만, 그래야만 많은 열정을 만들어낼 수 있으니까요."

그녀는 말을 멈췄다가 불쑥 물었다.

"당신은 어떠세요?"

"나요?"

파니 말리그라스는 희극적인 표정을 지으며 두 눈을 크게 떴다.

"네, 당신은 언제나 듣기만 하잖아요. 우리, 역할을 바꿔봐요. 제가 무례한 건가요?"

파니가 웃으며 대답했다.

"나 말이에요? 내겐 알랭 말리그라스가 있잖아요."

조제는 눈썹을 위로 치켜올렸다. 잠시 침묵이 내려앉았고, 그녀들은 동년배인 것처럼 서로를 바라보았다.

"그런데 우리 사이가 정말 그렇게 보여요?"

파니가 물었다.

파니의 억양에는 조제의 마음을 건드리고 조제를 거북하게 하는 뭔가가 있었다. 파니가 일어나서 방 안을 이리저리 걷기 시작했다.

"난 정말 그런 건지 잘 모르겠어요. 베아트리스 말이에요. 그녀의 아름다움? 아니면 그녀의 그 맹목적인 힘? 우리 중에 정말로 야망을 갖고 있는 사람은 그녀뿐일 거예요."

"베르나르는요?"

"베르나르는 그 무엇보다 문학을 사랑하죠. 하지만 그건 야망과는 달라요. 그리고 그는 지적인 사람이잖아요. 구체적인 형태를 띤 어리석음만큼 강한 건 아무것도 없을 거예요."

조제는 다시 한 번 자크를 떠올렸다. 그리고 일이 되어가는 대로 내버려두기로 마음먹었음에도 불구하고 파니가 놀라는 모습을 보고 싶어서 그녀에게 이야기하기로 결심했다. 그러나 갑자기 베르나르가 들어왔다. 베르나르는 조제가 그곳에 있는 것을 보고 행복을 느꼈고, 거의 동시에 파니는 깜짝 놀랐다.

"파니, 당신 남편이 사업상의 저녁 약속이 있답니다. 그래서 우아한 넥타이를 찾아서 가져오라고 저를 보냈어요. 그가 직접 집에 왔다 갈 시간이 없어서요. 그가 이렇게 말하던데요. '검정 줄무늬가 있는 파랑 넥타이'라고요."

그들 세 사람은 함께 웃었고, 파니는 넥타이를 찾으러 밖으로 나갔다. 베르나르가 조제의 두 손을 꼭 붙잡으며 말했다.

"조제, 당신을 보게 되어 기뻐요: 하지만 만남이 언제나 너무 빠르게 지나가서 불행하기도 합니다. 이제 나와 함께 저녁 식사하기 싫은 건가요?"

조제는 베르나르의 얼굴을 바라보았다. 그는 이상한 표정, 쓰라림과 행복이 뒤섞인 표정을 짓고 있었다. 그는 고개를 기울였고 검은 머리칼에 감싸인 얼굴에 두 눈을 반짝이고 있었다. 조제는 생각했다. '이 남자는 나와 닮았어. 이 남자는 나와 같은 부류야. 난 이 남자를 사랑해야 했어.'

"당신이 원할 때 저녁 식사를 함께할 수 있을 거예요."

그녀가 말했다.

이 주 전부터 그녀는 자기 집에서 자크와 함께 저녁 식사를 하고 있었다. 자크가 식사비를 낼 능력이 없었고, 그의 자존심이 조제 집에서 저녁 식사 하는 것을 더 만족스러워한 까닭에 식당에 가기를 원치 않았기 때문이다. 저녁 식사를 하고 나면 자크는 강의 내용을 진지하게, '기를 쓰고' 공부했고, 조제는 책을 읽었다. 반벙어리와 함께하는 그런 부부 같은 생활은 밤늦게까지 밖에서 시간을 보내며 재미있게 대화를 나누는 생활에 익숙해 있는 조제에게는 매우 예외적이었다. 조제는 불현듯 그것을 깨달았다. 그때 누군가 초인종을 눌렀고, 조제는 베르나르에게 잡혔던 손을 빼냈다.

하녀가 와서 말했다.

"어느 손님이 와서 아가씨를 찾으십니다."

"그러면 들어오시라고 해."

파니의 목소리였다.

파니는 벌써 돌아와서 다른 쪽 문가에 꼼짝 않고 서 있었고, 베르나르는 하녀가 들어온 문 쪽을 향하고 있었다. '곧 극장에서 만날 텐데.' 광적인 웃음이 터져나오려는 것을 느끼며 조제는 속으로 생각했다.

자크가 원형 경기장에 등장하는 황소처럼 모습을 드러내더니, 머리를 숙인 채 발로 양탄자를 문질렀다. 조제는 적당한 말을 떠올리려고 필사적으로 노력했다. 하지만 자크가 선수를 쳤다.

"조제, 당신을 찾으러 왔어요."

그는 위협적인 표정으로 더플코트의 호주머니 안에 손을 찔러 넣고 있었다. '정말이지 적절치 못한 일이야.' 조제는 터져나오려는 광적인 웃음을 억누르며 속으로 생각했다. 그러나 자크를 보고 파니의 얼굴을 보면서 기쁨의 감정과 조롱 어린 감정을 동시에 느꼈다. 베르나르의 얼굴은 아무런 표정도 드러내지 않고 있었다. 다른 사람이 봤다면 그가 장님이 아닌가 생각할 만큼.

"그렇더라도 인사는 해야지."

조제가 상냥한 어조로 가까스로 말했다.

그러자 자크는 일종의 우아함이 담긴 미소를 짓고는, 파니 그리고 베르나르와 악수를 나눴다. 투르농 거리에 해가 지고 있었고, 그런 탓에 거리 풍경이 황량해졌다. 조제는 생각했다. '이런 부류의 남자들에게 딱 알맞은 단어가 하나 있지. 활력? 씩씩함……?'

　파니는 파니대로 생각했다. '이런 부류의 청년들에게 딱 알맞은 단어가 하나 있지. 불한당. 그런데 내가 이 청년을 어디서 봤더라…….'

　파니는 즉시 여주인다운 친절한 태도를 보였다.

　"자, 이쪽에 앉으세요. 우리 모두 왜 이렇게 서 있는 거죠? 뭘 좀 드시겠어요? 혹시 바쁘신가요?"

　"아뇨. 전 시간 있습니다. 당신은?"

　자크가 말했다.

　조제에게 물은 것이었다. 그녀가 고개를 끄덕였다.

　"전 가봐야 합니다."

　베르나르가 말했다.

　"내가 배웅해줄게요, 베르나르. 넥타이 일은 잊어버리세요."

　파니가 말했다.

베르나르는 매우 창백한 얼굴로 문가에 서 있었다. 베르나르와 놀라움을 교환할 준비가 된 파니는 움직이지 않고 가만히 있었다. 이윽고 베르나르가 한마디도 하지 않고 밖으로 나갔다. 파니가 다시 거실로 돌아왔다. 자크는 자리에 앉아서 미소를 지으며 조제를 바라보고 있었다.

　"저 남자, 지난번에 당신에게 전화했던 그 녀석이 틀림없군요."

　자크가 말했다.

*

　베르나르는 유령이라도 본 사람처럼 큰 소리로 중얼거리며 거리를 걸었다. 마침내 그는 벤치 하나를 발견했고, 거기에 털썩 주저앉아 한기라도 느끼는 듯 두 팔로 자기 몸을 감싸안았다. 그는 생각했다. '조제, 조제와 그 조그맣고 같잖은 녀석!' 그는 몸을 앞으로 구부렸고, 진짜로 육체의 고통을 느끼며 몸을 다시 일으켜세웠다. 그의 옆에 앉아 있던 나이 든 여자가 질겁하여 놀란 얼굴로 그를 바라보았다. 베르나르는 그녀를 보고는 벤치에서 일어나 다시 걷기 시작했다. 알랭에게 넥타이를 갖다줘야 했다.

그는 단호하게 생각했다.

'이만하면 충분해. 이건 정말이지 견딜 수 없는 일이야. 나쁜 소설들에 나오는 보잘것없고 헤픈 여자를 향한 터무니없는 열정 말이야! 게다가 그 여자는 보잘것없고 헤픈 여자도 아니야. 그리고 나는 그녀를 사랑하지 않아, 그저 질투할 뿐이지. 그나마 이 마음도 오래 지속되지는 않을 거야. 이건 너무 과도한 일이야. 그게 아니라면 지나치게 하찮은 일이거나.'

그는 잠시 이곳을 떠나 있기로 결심했다. 그리고 자기 자신을 조롱하는 심정으로 생각했다.

'나는 문화적인 여행에서 뭐든 할 일을 찾아낼 거야. 사실 내가 할 줄 아는 것이라곤 그것뿐이지. 문화적인 글, 문화적인 여행, 문화적인 대화. 할 수 있는 것이 아무것도 없을 때 끝까지 남아 있는 것이 바로 문화적인 것이지.'

그러면 니콜은 어떻게 하지? 니콜은 한 달 동안 그녀의 부모 집에 보내면 될 터였다. 그는 자기 자신을 감당해내기 위해 애쓸 것이다. 하지만 파리를 떠난다? 조제가 있는 파리를? ……그녀는 그 청년과 함께 어디에 갈까? 그녀는 무엇을 할까? 이윽고 베르나르는 출판사 계단에서 알랭과 마주쳤다.

"드디어 내 넥타이가 왔군!"

알랭이 말했다.

그는 연극 상연 전에 베아트리스와 함께 저녁 식사를 해야 했다. 그녀는 2막에만 나오니까 열 시까지는 시간이 있었다. 그녀와 얼굴을 마주하는 매 순간이 그에게는 매우 소중하게 여겨졌다. 월요일 저녁 밖에서 베아트리스를 만나기 위해 알랭이 찾아낸 구실은 바로 그의 조카 에두아르 말리그라스였다.

드디어 새 넥타이를 손에 넣은 알랭은 자신이 후원하고 있는 베르나르의 좋지 않은 안색에 평소처럼 신경이 조금 쓰였다. 알랭은 베아트리스를 만나러 몽테뉴 대로 옆 작은 길가에 있는 호텔로 갔다. 그는 상상했다. 그러나 그는 자신이 무엇을 상상하고 있는지 알지 못했다. 베아트리스와 그가 은밀한 최고급 식당에 앉아 있다. 바깥은 자동차의 소음으로 시끄럽다. 그리고 그가 '감탄스러운 가면'이라고 부르는 베아트리스의 얼굴이 전등 갓에 감싸인 분홍빛 조명에 가려진 채 그의 얼굴을 향해 기울어져 있다. 그, 알랭 말리그라스, 세상사에 조금 흥미를 잃은, 고상한 취미를 가지고 있고 키가 큰 남자. 그가 이미 알고 있는 바이지만, 베아트리스가 보기에 중요한 것들. 그들은 우선 에두아르에 대해 관대하게 이야기를 나눌 것이고, 그런 다음엔 권태를 느낄 것이며, 마침내 삶에 대해, 삶이 결코 빠뜨리지 않는, 아름다운 여자들에게 경험을 가져다주는 어떤 환멸에 대해 이야기를 나눌 것이다. 그는 테이블 밑으로 그녀의 손을 잡을 것이다. 그는 이보다 더 과감한 장면은 감히 상상하지 못했다. 그리고 베아트리스가 어떻게 나올지 전혀 알 수가 없었다. 그는 그녀가 두려웠다. 왜냐하면 그녀가 기분 좋은 상태일 거라는 점과 야망이 가져다주는 그녀의 어마어마한 정신적 활력에 자신이 기가 죽을 것임을 벌써부터 느끼고 있었기 때문이다.

어쨌든 베아트리스는 그날 저녁 자신의 역할을 나름대로 수행했다. 그녀는 알랭 말리그라스와 조화롭게 이야기를 나누었다. X의 연극 연출자가 해준 몇 마디 칭찬 그리고 권위 있는 한 저널리스트의 예기치 않았던 주목이, 세상이 어떤 사람을 지지해줄 때 사람들이 흔히 상상하는 직선 코스를 통해 그녀를 정신적 성공으로 이끌어갔기 때문이다. 그날 저녁 그녀는 성공한 젊은 여배우였다. 자신의 꿈을 현실에 일치시키면서 그녀는 다소 저속한 영혼을 가진 사람들만이 해낼 수 있는 시간과 감정의 기적적인 양립에 성공했고, 이제는 당당한 마음으로 나이트클럽이 주는 부도덕한 기쁨을 좋아하는 문학계 인사와 대화하는 것을 젊은 여배우로서 즐기고 있었다. 성공은 기발함을 배제하지 않으니 말이다. 그것이 그녀가 교묘한 계산과 광기의 힘을 빌려 알랭 말리그라스를 지식인들이 말하는 '비스트로케'로 데려온 이유였다. 그러므로 알랭과 그녀 사이에 분홍빛 전등갓 따위는 없었고, 대신 작은 전등의 과격한 불빛이 있었다. 다른 테이블들은 떠들썩한 분위기로 소란스러웠고 기타가 끔찍한 소리를 내고 있었다.

베아트리스가 낮은 목소리로 말했다.

"친애하는 알랭, 대관절 무슨 일이에요? 지난번 당신의 전화가 저를 몹시 궁금하게 만들었다는 걸 숨기지 않겠어요."

(X의 최근 희곡은 역사추리극이었다.)

"에두아르 때문입니다."

알랭 말리그라스가 힘차게 말했다.

시간이 흐르고 흘렀다. 알랭은 자기 접시 위에 놓인 빵을 만지작거렸다. 처음 삼십 분 동안 그는 택시를 잡고, 이 조잡한 장소에 다다르기 위해 베아트리스가 운전기사에게 잘못된 정보를

준 탓에 우여곡절을 겪고, 여기 도착하여 앉을 자리를 찾아내느라 혼란스러웠다. 그는 숨을 쉬고 싶었다. 게다가 그의 맞은편에 거울이 있었는데, 거기에 생기 없고, 쓸데없이 군데군데 움푹 파이고, 나머지 부분은 쓸데없이 어린애 같은 그의 기다란 얼굴이 비쳐 보였다. 삶이 노쇠라는 항목을 보장하면서 우연인 듯 낙인을 찍어두는 사람들이 있는 법이다. 그는 한숨을 내쉬었다.

"에두아르요?"

베아트리스가 빙그레 미소를 지으며 되물었다.

"그래요, 에두아르."

알랭이 대답했다. 베아트리스의 미소 때문에 그의 심장이 조여들었다.

"이 대화가 당신에겐 우스꽝스럽게 여겨질지도 모르겠군요. (맙소사, 그녀가 얼마나 우스꽝스럽게 생각할까!) 하지만 에두아르는 어린애이고 당신을 사랑합니다. 그애는 파리에 온 뒤로 10만 프랑이 넘는 돈을 빌렸어요. 그중 5만 프랑은 조제에게 빌렸죠. 이상야릇한 옷을 사입어서 당신 마음에 들려고 말입니다."

"에두아르는 저에게 꽃을 왕창 안기고 있어요."

베아트리스가 다시 한 번 미소를 지으며 말했다.

그것은 조금 지친 너그러움으로 가득한, 완벽한 미소였다. 그러나 영화관이나 극장에 거의 가지 않는 알랭 말리그라스는 그것을 알아차리지 못했다. 베아트리스의 미소가 그에게는 사랑의 미소로 보였고, 그는 어서 그 자리를 뜨고 싶은 마음이 들 지경이었다.

"난처한 일이죠."

그가 나약하게 말을 맺었다.

"누군가가 저를 사랑하는 게 난처한 일인가요?"

베아트리스가 머리를 숙이며 말했다. 그녀는 이 대화를 피하고 싶은 기분이 들었다. 하지만 알랭 말리그라스는 성급하게 비약하고 있었다.

"물론 나는 에두아르를 너무나 이해해요."

그가 열렬하게 말했고, 베아트리스는 머리를 젖히며 웃었다.

그녀가 말했다.

"전 치즈를 먹겠어요. 에두아르에 대해 제게 이야기해주세요, 알랭. 그가 저를 즐겁게 해준다는 걸 당신에게 숨기지 않겠어요. 하지만 그가 저 때문에 돈을 빌리는 건 싫어요."

한순간 그녀는 이렇게 말할까 하고 생각했다. '그는 파산 직전이군요! 그러게 젊은 남자들은 아무짝에도 쓸모가 없다니까요?' 그러나 그녀는 친절한 사람이었으므로 그렇게 생각하지 않았을 뿐만 아니라, 궁지에 몰린 삼촌 앞에서 할 말이 아니라는 판단이 들었다. 알랭이 비탄에 젖은 표정을 하고 있었던 것이다. 베아트리스는 알랭이 자신을 꿈꾸게 만들기라도 하는 것처럼 그에게로 몸을 기울였다. 기타 소리가 애조를 띠어갔고, 거드름을 피우던 촛불 빛들이 베아트리스의 눈 속에서 요동쳤다.

"제가 어떻게 해야 하죠, 알랭? 그리고 정직하게 말해서 제가 무슨 일을 할 수 있을까요?"

알랭은 숨을 가다듬은 뒤 혼란스러운 설명에 돌입했다. 아마도 베아트리스가 에두아르에게 그 어떤 희망도 없다는 것을 주지시킬 수 있을 터였다.

'하지만 희망은 있어.'

베아트리스는 활달하게 생각했다.

에두아르에 대해 생각하면, 너무나 섬세한 그의 밤색 머리칼, 그의 서투른 행동, 즐거워하는 그의 전화 목소리를 생각하면 측은한 마음이 들었다. 게다가 그는 그녀 때문에 돈까지 빌렸다! 그녀는 X의 연극을, 오늘 밤 그녀가 해야 할 역할을 잠시 잊어버렸다. 그녀는 에두아르를 만나고 싶었다. 그를 만나서 가슴에 꼭 껴안고 행복감으로 전율하는 그를 느끼고 싶었다. 그녀는 어느 바에서 그를 딱 한 번 더 보았는데, 그때 그는 그 자리에 얼어붙어버렸다. 하지만 그런 그의 표정이 너무나 환해서 일종의 자부심까지 느껴질 정도였다. 에두아르에 대해 말하자면, 그의 모든 행동이 그녀에게는 멋진 선물이었고, 그녀는 다른 존재들과 그녀 사이의 관계가 오로지 이런 질서로만 이루어질 수 있다고 막연하게 느꼈다.

그녀가 말했다.

"제가 할 수 있는 일을 할게요. 당신에게 약속할게요. 파니에게도요. 제가 그녀를 좋아하는 것 당신도 아시죠?"

'이런 바보 같으니!'

순간 알랭 말리그라스의 머릿속을 관통한 생각이었다. 하지만 그는 자신의 계획에 절박하게 매달렸다. 이제 다른 이야기를 하고 베아트리스의 손을 잡는 것으로 마무리해야 했다.

"그만 일어나도록 하죠. 2막이 시작되기 전에 어디 가서 위스키 한 잔 마실 수 있을 것 같은데요. 난 배는 고프지 않아요."

그가 말했다.

'바에 가면 될 거야. 하지만 거기는 아는 사람을 많이 만날 수 있는 곳인데. 물론 사람들이 알랭도 알아볼 테고. 너무 좁은 바닥이니까 말이야. 그리고 알랭은 넥타이 때문에 마치 공증인의 서기처럼 보여. 친애하는 알랭, 너무나 늙은 프랑스!'

베아트리스는 생각했다. 그리고 테이블 너머로 손을 내밀어 알랭의 손을 잡았다.

"당신이 원하는 곳으로 가요. 전 당신이 있어서 행복해요."

그녀가 말했다.

알랭은 입을 닦은 뒤 가라앉은 목소리로 계산서를 요청했다.

베아트리스의 손이 그의 손을 살짝 두드린 뒤 마지못한 듯 그녀가 신고 있는 구두와 똑같은 색깔인 붉은 장갑 속으로 들어갔다. 극장 맞은편에 있는 카페에서 위스키 한 잔을 마시고 전쟁과 전후(戰後)에 대해 이야기를 나눈 뒤 열 시가 다 되었을 때 베아트리스가 말했다. "요즘 젊은이들은 지하창고에 저장한 포도주가 뭔지, 재즈가 뭔지도 몰라요." 그리고 그들은 헤어졌다. 알랭은 한 시간쯤 전부터 마음속의 투쟁을 멈춘 상태였다. 그는 침울한 즐거움을 느끼며 베아트리스가 공공장소를 열거하는 것을 들었고, 이따금 그럴 용기가 날 때는 그녀의 얼굴을 바라보며 감탄해 마지않았다. 그녀는 잠시 그를 향해 교태를 부렸다. 그날 밤 컨디션이 좋았기 때문이다. 그러나 알랭은 그것을 눈치조차 채지 못했다. 사람이 뭔가 거대하고 혁혁한 기회를 꿈꿀 때는 자신이 가지고 있는 사소하지만 매우 효과적인 수단을 오히려 잘 감지하지 못하는 법이다. 알랭 말리그라스는 발자크보다는 스탕달을 더 주의 깊게 읽었다. 그리고 그것에 비싼 대가를 치렀다. 다른 관점에서 보면 그는 자신이 좋아하는 것을 다른 사람들이 멸시할 수 있다는 것을 책에서 읽고 알기까지 비싼 대가를 치른 셈이다. 물론 그것은 그로 하여금 위기를 면하게 해주었다. 하지만 그것이 바로 결정적일 수 있었다. 그의 나이에도 생각보다 쉽게 열정이 불붙는다는 것은 사실이다. 그러나 그는 '이 청년은 내 것이야.' 하고 생각하는 조제처럼 자명한 행복의 원천을 갖고 있지 못했다.

알랭은 도둑처럼 집으로 돌아갔다. 그는 호텔에서 베아트리스와 함께 세 시간을 보냈고, 행복감이 부여하는 거리낌 없는 양심으로 당당하게 그곳으로 다시 돌아갈 터였다. 그는 파니를 배반하지는 않았지만 마치 죄지은 사람처럼 돌아왔다. 파니는 파란색 평상복을 어깨에 걸친 채 자기 침대에 앉아 있었다. 알랭은 사업상의 저녁 식사에 대해 나지막한 목소리로 이야기하면서 욕실에서 옷을 벗었다. 그는 기진맥진한 것을 느꼈다.

"잘 있었어, 파니?"

그가 아내에게 몸을 숙였다. 그녀가 그를 끌어당겼다. 그는 그녀의 어깨 위에 얼굴을 얹었다.

그리고 무기력하게 생각했다.

'파니는 눈치 채고 있어. 하지만 내가 원하는 건 윤기를 잃은 이 어깨가 아니라 베아트리스의 단단하고 둥근 어깨야. 내게 필요한 건 영리한 이 두 눈이 아니라 베아트리스의 뒤로 젖힌 열정적인 얼굴이야.'

그가 높은 목소리로 말했다.

"난 너무 불행해."

그런 다음 몸을 빼내고 자기 침대로 갔다.

4

베르나르는 떠났고, 니콜은 눈물을 흘렸다. 이 모든 것은 오래전부터 예견된 일이었다. 짐가방을 꾸리는 동안 베르나르에게는 자신의 인생 전체가 늘 예견되었던 것처럼 느껴졌다. 그가 보기 좋은 몸을 가진 것, 불안한 청년기를 보낸 것, 베아트리스와 관계를 맺게 된 것, 문학과 긴 관계를 맺은 것은 모두 당연한 일이었다. 그리고 지금 그가 스스로도 이해할 수 없는 본능적인 고통으로 인해 괴로움을 끼치고 있는, 조금은 무의미한 이 젊은 여자와 결혼한 것은 앞의 사실들보다 더욱 당연했다. 왜냐하면 그는 평범한 남자의 사소한 잔인함을 가진, 평범한 남자의 그렇고 그런 사연을 가진 같잖은 녀석이기 때문이다. 하지만 그는 끝까지 암컷을 안심시켜주는 수컷 역할을 해야 했다. 그는 니콜을 돌아다보고 그녀를 팔에 안았다.

"여보, 울지 마. 내가 떠나야 한다는 걸 당신은 이해하잖아. 이

건 내게 중요한 일이야. 그리고 한 달은 그리 긴 시간이 아니야. 당신 부모님이……."

"난 부모님 집에 가기 싫어. 한 달 동안이나 가 있는 건 더 싫고."

그것은 니콜의 새로운 강박관념이었다. 그녀는 이 아파트에 남아 있기를 원했다. 그는 알고 있었다. 그녀가 매일 밤 그를 기다리며 얼굴을 문 쪽으로 향한 채 잠들 거라는 사실을. 베르나르는 자신의 의지에 반하여 그의 마음을 뒤흔드는 끔찍스러운 연민의 감정에 사로잡혔다.

"당신 혼자 여기서 지내면 지루할 거야."

"말리그라스 부부를 만나러 갈 거야. 그리고 조제가 자동차로 날 산책에 데리고 가겠다고 약속했어."

'조제.'

그는 니콜을 놓아준 뒤 화가 난 채 셔츠 몇 벌을 집어 여행가방 안에 쑤셔넣었다. 조제. 대체 그는 언제 이 이름에서, 이 질투심에서 놓여날 것인가? 그의 삶에서 유일하게 폭력적인 것. 그것은 질투심이었다. 그는 자신을 책망했다.

"내게 편지 쓸 거지?"

니콜이 물었다.

"매일 쓸게."

그는 몸을 돌려 그녀에게 이렇게 말하고 싶었다. "난 서른 통이라도 미리 써둘 수 있어. 이런 내용으로 말이야. '여보, 모든 게 잘되고 있어. 이탈리아는 아주 아름다워. 언젠가 함께 올 수 있을 거야. 할 일이 엄청나게 많지만 난 당신 생각을 하고 있어. 당신이 그리워. 내일은 더 길게 쓸게. 당신에게 키스를 보내.'" 이것이 바로 그가 한 달 동안 그녀에게 편지로 써보낼 내용이었다. 하나의 목소리와 그것과는 다른 발자취를 보이는 사람들이 우리에게 존재해야 하는 이유는 대체 무엇인가? 아! 조제! 그는 조제에게 편지를 썼다. '조제, 당신이 아는지 모르겠군요. 나는 어떻게 당신을 이해시켜야 할지 모르겠어요. 지금 나는 당신에게서, 당신의 것인 그 얼굴에서 멀리 떨어져 있어요. 그 생각만 하면 마음이 찢어집니다. 조제, 내가 잘못됐나요? 아직 시간이 있나요?' 그랬다. 그는 알고 있었다. 그는 이탈리아에서, 울적한 밤에, 조제에게 편지를 쓸 것이다. 그리고 단어들은 그의 펜 아래에서 딱딱하고 무거워질 것이다. 그리고 결국에는 생기 넘치는 단어가 될 것이다. 마침내 그는 글을 쓸 줄 알게 될 것이다.

하지만 니콜이…….

금발의 니콜이 그의 등에 기대어 여전히 울고 있었다.

"용서해줘."

그가 말했다.

"용서를 구할 사람은 나야. 난 그렇게 할 줄을 몰랐으니까…… 오, 베르나르! 당신 내가 노력했다는 것, 때때로 노력했다는 것 알고 있지?……."

"무슨 노력?"

그가 물었다. 그는 두려웠다.

"난 당신 수준에 맞추려고, 당신을 도우려고, 당신의 친구가 되려고 노력했어. 하지만 난 영리하지 못해. 재미도 없고…… 난 그걸 잘 알고 있었어…… 오, 베르나르!……."

그녀가 숨을 몰아쉬었다. 베르나르는 그녀를 꼭 껴안고 메마른 목소리로 끈질기게 용서를 구했다.

그리고 길을 나섰다. 그는 출판사 편집자가 빌려준 자동차의 운전석에 혼자 앉았다. 그리고 한 손으로 운전을 하면서 담배에 불을 붙였다. 길 위에는 신호등과 자동차 헤드라이트 불빛이 반짝였고, 밤의 운전자들이 서로에게 보내는 두려움과 우정의 표

71

시가 깜박였다. 그의 눈앞으로 나무들과 나무 잎사귀들이 날아가듯 휙휙 지나갔다. 그는 혼자였다. 그는 밤새도록 운전하고 싶었지만 벌써 피로가 느껴졌다. 체념에서 오는 일종의 행복이 그의 위에 내려앉았다. 모든 것이 잘못된 것 같았다. 하지만 그래서 뭐 어쨌단 말인가? 다른 것도 있었다. 그는 줄곧 그것을 알고 있었다. 그 자신인 동시에 그를 흥분시키는 어떤 것. 그의 고독. 내일이면 조제는 다시 그에게 가장 중요해질 것이고, 그는 수많은 비열한 행동을 저지르고, 수많은 패배를 경험할 것이다. 그러나 오늘 밤 그는 극도의 피로와 슬픔을 느끼는 가운데 그가 끊임없이 발견해야 할 어떤 것을, 나뭇잎에 흔들리는 그 자신의 평온한 얼굴을 발견하고 있었다.

그가 꿈꾸던 이탈리아를, 이탈리아의 어느 도시를 닮은 것은 아무것도 없었다. 특히 가을에는. 밀라노와 제노바의 미술관과 신문사에서 몇 가지 일을 보며 엿새를 보낸 뒤, 베르나르는 프랑스로 다시 돌아가기로 결심했다. 그는 시골마을의 호텔방에 머무르고 싶었다. 그리고 푸아티에를 선택했다. 그곳은 그에게 사람이 상상할 수 있는 가장 생기 없는 도시로 여겨졌다. 그는 그곳에서 '레퀴 드 프랑스'라는 이름의 가장 평범한 호텔을 찾아냈다. 그는 곰곰이 생각한 끝에, 마치 연극을 위해 연출을 하듯 그 모든 환경을 선택했다. 그러나 그는 자신이 이 배경 속에서 어떤 연극을 하게 될지 아직 모르고 있었다. 그 배경은 그에게 스탕달 혹은 심농(Georges Joseph Christian Simenon, 1903~1989: 지드 가 현대 프랑스 문단의 가장 위대한 소설가라 격찬한 벨기에 태생의 프랑스 추리 소설 작가. 명탐정 메그레 경감의 창조자로서 이후의 경찰수사소설에 많은 영향 을 미쳤다―옮긴이)을 연상시켰다. 그는 어떤 실패가 그를 기다리 고 있는지, 어떤 잘못된 발견이 그를 기다리고 있는지 알지 못했 다. 그러나 자신이 깊이, 단호하게, 아마도 절망을 느끼며 권태 로워할 것임을, 그리고 그 권태, 그 절망이 그가 처한 막다른 골 목에서 그를 끄집어내기에는 무리인 꽤 먼 곳까지 갈 거라는 사 실을 알고 있었다. 막다른 골목, 열흘간의 자동차 여행 후에 그 는 그것을 알게 되었다. 그것은 조제를 향한 그의 열정도, 문학 에서의 그의 실패도, 니콜에 대한 식어가는 애정도 아니었다. 그 열정에는, 그 실패에는, 그 식어가는 애정에는 뭔가가 결핍되어 있었다. 아침의 공허함을, 자신에 대한 짜증스러움을 채워주어 야 했던 그 무언가가. 그는 무기들을 내려놓고, 이성 없는 짐승 에 몸을 내맡길 것이다. 삼 주 동안 혼자서 참아야 할 것이다.

첫날, 그는 여행 일정을 짰다. 신문을 사고, 코메르스 카페에 들러 아페리티프(식전에 마시는 술—옮긴이)를 마시고, 맞은편에 있는, 향토음식을 파는 자그마한 식당에서 식사를 하고, 길모퉁이에 있는 영화관에 갔다. 호텔방은 조잡하고 낡은 꽃무늬가 있는 파란색과 회색 벽지로 도배되어 있었다. 세면대에는 에나멜 칠이 되었고, 침대 밑에는 밤색 깔개가 깔려 있었다. 모든 것이 꽤 괜찮았다. 창문을 통해 맞은편에 있는 집이 보였다. 그 집 담벼락에는 〈10만 벌의 셔츠들에게〉의 오래된 포스터가 펄럭였다. 창문 하나가 닫혀 있었지만, 언젠가는 열릴 터였다. 이 사실이 그에게 가당치 않은 어렴풋한 희망을 안겨주었다. 호텔에서 그의 테이블에 미끈미끈한 흰색의 작은 깔개를 깔아주었지만, 글을 쓰기 위해서는 그것을 치워야 했다. 호텔 여주인은 친절했지만, 신중하게 말하자면 나이 들고 수다스러운 여자였다. 그해에 푸아티에에는 비가 많이 내렸다. 베르나르는 자기 자신에 대한 그 어떤 냉소도, 빈정거림도 없이 그곳에 정착했고, 마치 이방인을 대하듯 자기 자신을 조심스럽게 대했다. 그는 신문을 여러 장 샀고, 둘째 날에는 카시스 주(까막까치밥나무 열매로 만든 술—옮긴이)를 과음하기까지 했다. 이 일은 그에게 위험한 도취를 가져다주었다. 조제의 이름을 떠올리게 했다는 의미에서.

"이봐요, 파리에 전화하려면 시간이 얼마나 걸리죠?" 그러나 그는 전화를 할 수 없었다.

그는 다시 소설을 쓰기 시작했다. 첫 문장은 모럴리스트(인간성에 대한 성찰을 에세이, 격언집 등의 형식으로 남긴 일련의 프랑스 작가들. 몽테뉴, 라 로슈푸코, 파스칼, 18세기 이후의 보브나르그, 샹포르 등이 이에 속한다─옮긴이)의 문장이었다. '행복은 가장 중상모략받는 어떤 것이다.' 등등. 베르나르에게는 이 문장이 올바르게 여겨졌다. 올바르고 무익하게. 이 문장이 페이지 맨 위에 당당하게 자리를 잡았다. 1장, '행복은 가장 중상모략받는 어떤 것이다. 장 자크는 행복한 남자였지만, 사람들은 그에 대해 나쁘게 말했다.' 사실 베르나르는 다르게 시작하고 싶었다. '부아시의 그 작은 마을은 여행자의 눈에 햇빛 찬란한 평화로운 마을로 보였다.' 뭐 이런 식으로. 그러나 그는 그럴 수 없었다. 그는 곧장 본질로 들어가고 싶었던 것이다. 그러나 어떤 본질 말인가? 그 본질이라는 것의 개념이 대체 무엇이란 말인가? 그는 아침에 한 시간 동안 글을 썼다. 그런 다음 신문을 사러 나갔고, 다시 들어와서 면도를 하고 점심을 먹었다. 그리고 나서 오후에 다시 세 시간 동안 일을 하고 책(루소)을 조금 읽었다. 그리고 다시 밖으로 나가 저녁 식사 전까지 산책을 했다. 저녁을 먹은 뒤에는 영화관에 갔다. 한 번은 푸아티에의 유곽에도 가보았다. 그곳은 다른 유곽들과 비슷하게 초라했고, 거기서 그는 절제란 사물들에 대한 기호에서 생성된다는 것을 깨달았다.

둘째 주는 좀더 팍팍했다. 그의 소설은 형편없었다. 그는 자신이 쓴 것을 냉정하게 다시 읽어보았고, 그것이 형편없다는 것을 알 수 있었다. 다르게 말하면 형편없는 것조차 못 되었다. 최악이었다. 그냥 지루한 것이 아니라 심하게 지루했다. 그는 마치 사람들이 손톱을 깎듯이, 주의를 기울이기도 하고 비슷한 정도로 방심하기도 하면서 소설을 쓰고 있었다. 그는 자신의 건강 상태도 검사해보았다. 약해진 간과 신경과민, 파리 생활이 가져다준 소소한 모든 타격을 확인했다. 어느 날 오후, 그는 자기 방의 작은 거울을 통해 자신의 모습을 바라보게 되었다. 그는 두 팔을 벌린 채 벽을 향해 돌아서서, 두 눈을 감고 차갑고 단단한 벽에 몸을 짓눌렀다. 그는 알랭 말리그라스에게 간결하고 절망적인 편지 한 통을 썼다. 편지를 받은 알랭 말리그라스는 그에게 몇 마디 충고의 말을 보내왔다. 자기 자신만 바라보지 말고 주변을 둘러보라, 뭐 그런 종류의 말이었다. 베르나르가 이미 알고 있는 어리석은 충고들이었다. 정말로 자기 자신을 바라볼 시간이 있는 사람은 결코, 아무도 없다. 대부분의 사람은 다른 사람들에게서 눈[目]을 찾는다. 그것으로 자기 자신의 모습을 보기 위해. 베르나르는 푸아티에에 파묻힌 채 자신의 한계들에 포위되어 있었다. 그러나 그는 이곳에서 여자 한 명을 찾아 그녀의 품으로 도망치지는 않을 작정이었다.

그도 알고 있는 바이지만, 그렇게 하는 건 고통스럽기만 할 뿐 아무짝에도 소용이 없었다. 그는 거의 완성된 원고를 팔밑에 끼고 파리로 돌아갈 예정이었다. 그리고 그 원고를 책으로 출간해줄 편집자에게 건넬 것이고 조제를 다시 만나려고 애쓸 것이다. 니콜의 눈길을 잊고자 애쓸 것이다. 아니다, 그건 무익한 짓이었다. 하지만 그는 이러한 생각 속에서 일종의 냉혹한 평온함을, 무익함을 길어올리고 있었다. 다르게 말하자면 그는 어떤 즐거움을 느끼고 있었다. 그는 푸아티에와 그곳의 기분 전환거리에 대해 사람들에게 이야기할 것이다. 그는 이 비밀스러운 가출 이야기를 하며 사람들의 놀라는 시선 앞에서 얼마나 즐거움을 느낄 것인가! 또한 그 시선들은 그에게 그가 독창적이라는 느낌을 어렴풋하게나마 선사해주지 않겠는가! 결국 그는 씩씩하면서도 신중한 어조로 이렇게 말할 것이다. "저는 특히 일을 많이 했답니다." 그는 이 모든 일이 어떤 식으로 전개될 것인지 이미 알고 있었다. 그러나 그런 것은 그에게 별로 중요하지 않았다. 그는 밤에 호텔방의 열린 창문을 통해 푸아티에 비가 내리는 소리를 들었고, 드문드문 지나가는 자동차들의 빛나는 헤드라이트 불빛을 눈으로 뒤쫓았으며, 담벼락에 탐스러운 장미들을 피어나게 했다가 곧바로 다시 그늘로 던져버렸다. 그는 눈을 뜬 채 머리 밑에 팔을 베고 누워, 그날의 마지막 담배를 피웠다.

*

에두아르 말리그라스는 멍청이가 아니었다. 그는 행복 혹은 불행을 위해 태어난, 그리고 냉담함에 숨막혀하는 젊은이였다. 따라서 그는 베아트리스를 만나고 그녀를 사랑하게 되어 무척이나 행복했다.

베아트리스로 말하자면, 자신이 한 번도 경험해보지 못한, 사랑을 하는 데서 오는 행복감─대부분의 사람은 즉각적으로 공유되지 않는 사랑을 재앙으로 간주하는 경향이 있다─때문에 놀랐다. 베아트리스를 놀라게 하기까지는 보름이 걸렸는데, 이는 아마도 에두아르의 아름다움이 상쇄하지 못한 시간일 터였다. 베아트리스는 목석 같은 여자는 아니었지만, 육체적 사랑에 대단한 취미를 갖고 있지도 않았다. 그런데도 그녀는 육체적 사랑이 건강한 것이라고 간주했고, 심지어 한때는 자신이 감각에 지배되는 여자라고 믿었다. 그 믿음은 그녀가 남편을 배신하기 위해 구실로 삼은 것이기도 했다. 한편 그녀가 속한 계층에서는 간통의 곤란함이 크게 축소되는 경향이 있었으므로, 그녀는 잔인하고 필수불가결한 결별을 재빠르게 해치워버렸고, 그로 인해 그녀의 남편은 고통을 받고 매우 괴로워했다. 그녀는 3막의 규칙(고전적인 연극의 경우 대개 3막에서 모든 갈등과 수수께끼가 풀리는 것을 빗댄 표현─옮긴이)에 따라 자기 남편에게 모든 것을 고백했던 것이다. 양식을 갖춘 뛰어난 상인이었던 베아트리스의 남편은 그녀가 애인이 있다고 고백한 것과 그러니 그만 갈라서자고 한 것을 터무니없게 여겼다. 베아트리스가 화장하지 않은 얼굴과 단조로운 목소리로 변명을 늘어놓는 동안 그는 이렇게 생각했다. '차라리 침묵을 지키는 편이 낫지.'

에두아르 말리그라스는 예술가들의 외출에, 미용실 문턱에, 수위실에 자신의 눈부신 얼굴을 드러냈다. 그는 언젠가는 사랑받을 것임을 믿어 의심치 않았고, 베아트리스가 자신이 믿고 있는 것의 증거를 보여주기를 인내심을 갖고 기다렸다. 그러나 불행하게도 베아트리스는 플라토닉한 사랑에 익숙해 있었고, 판단력 부족한 여자에게는 그런 습관보다 바꾸기 어려운 것이 없었다. 어느 날 밤, 에두아르는 베아트리스를 그녀의 집 앞까지 바래다주었고, 그녀의 집에 들어가서 마지막으로 한잔 더 하자고 요청했다. 에두아르를 변호하기 위해 그가 이 말의 관례적 의미를 전혀 모르고 있었다는 사실을 말해둘 필요가 있겠다. 단지 그는 자신의 사랑에 대해 말을 너무 많이 한 나머지 목이 말랐고, 집에 돌아갈 차비가 한푼도 없었을 뿐이다. 목이 마른 상태에서 집까지 걸어갈 생각을 하니 겁이 났던 것이다.

"아뇨, 에두아르. 안 돼요. 당신은 그냥 집으로 돌아가는 편이 낫겠어요."

베아트리스가 상냥하게 말했다.

"하지만 목이 너무 말라서 그래요. 위스키 말고 그냥 물 한 잔만 주세요."

에두아르가 반복해서 말했다. 그리고 점잖게 덧붙였다.

"이 시간이면 카페들이 문을 닫았을 것 같아서 그래요."

그들은 서로를 바라보았다. 가로등 불빛이 에두아르의 이목구비를 부각시키며 그를 비추고 있었다. 게다가 날씨가 추웠다. 소탈함과 우아함으로 가득 찬 그 아름다운 분위기 속에서 베아트리스는 에두아르가 자신의 벽난로 가에 앉는 것을 거부할 그어떤 이유도 찾아낼 수 없었다. 그래서 그를 데리고 집 안으로 들어갔다. 에두아르가 벽난로에 불을 지폈고, 베아트리스는 음식을 준비했다. 그들은 벽난로 가에 자리를 잡았다. 에두아르가 베아트리스의 손에 키스를 했다. 그는 자신이 그곳에 있다는 것을 조금씩 실감하기 시작했다. 그리고 몸을 조금 떨었다.

베아트리스가 꿈꾸는 듯한 목소리로 입을 열었다.

"우리가 친구가 돼서 기뻐요, 에두아르."

에두아르가 그녀의 손바닥에 키스를 했다.

그녀가 계속해서 말했다.

"당신도 알겠지만, 이 연극판이라는 곳—내가 좋아하는 곳이 죠. 내가 속한 곳이니까— 엔 성년이 한참 지난 사람이 아주 많아요. 냉소적으로 하는 말은 아니에요. 사실상 젊은 사람들은 거의 없다고 할 수 있죠. 그런데 당신은 젊어요, 에두아르. 젊은 채로 남아야 하고요."

베아트리스는 매력적이면서도 진중한 태도로 이야기를 했다. 에두아르 말리그라스는 사실 자신이 매우 젊다고 느끼고 있었다. 두 뺨이 타오르는 듯했다. 그는 베아트리스의 손목에 입술을 갖다댔다.

그녀가 갑자기 말했다.

"날 그냥 내버려둬요. 그러면 안 돼요. 난 당신을 믿어요. 당신도 알죠?"

사실 몇 년 더 기다려야 했지만 에두아르는 막무가내로 고집을 부리고 싶었다. 하지만 역시 그럴 수 없었고, 그 사실이 그를 구원해주었다. 그는 자리에서 일어나 사과의 말 비슷한 것을 중얼거리고는 문 쪽으로 걸어갔다. 그럼으로써 베아트리스는 자신의 무대를, 자신의 우아한 역할을 잃어버렸다. 그녀는 지루해질 것이다. 졸리지도 않았다. 유일한 대사 한마디만이 그녀를 구원할 수 있었다. 그녀가 그 대사를 읊었다.

"에두아르."

그가 뒤를 돌아보았다.

"돌아와요."

그녀는 그에게 두 손을 내밀었다. 전의를 잃은 여자처럼. 에두아르가 다가와 그녀의 두 손을 한참 동안 꼭 잡았다. 그런 다음 행복하게도 젊은 열정에 휩쓸려 베아트리스를 품안에 끌어안고 그녀의 입술을 찾았고, 마침내 입을 맞추고는 행복감에서 우러나오는 신음을 조금 뱉어냈다. 베아트리스를 사랑하고 있었으므로. 그는 베아트리스의 가슴에 머리를 얹은 채 밤늦게까지 사랑의 말을 속삭였다. 그러나 잠을 자고 있는 베아트리스는 에두아르가 하고 있는 사랑의 말이 어떤 꿈에서, 어떤 기대에서 솟아나오는지 알지 못했다.

5

베아트리스 곁에서 잠을 깨면서, 에두아르는 즉석에서 알 수 있는 행복감 중 하나를 느꼈다. 젊음이 맹목에 자리를 내줄 때, 행복감은 그 사람을 뒤흔들고 그 사람의 삶을 정당화하며, 그 사람은 나중에 그 사실을 틀림없이 시인한다. 그는 잠에서 깨어났고, 속눈썹 사이로 자기 옆에 놓인 베아트리스의 어깨를 보았다. 그리고 기억, 그 탐욕스러운 기억이 깨어나자마자 그의 꿈에까지 가득 차오르고 그의 가슴에 덤벼들었다가 제자리로 다시 돌아갔다. 행복해진 그는 베아트리스의 벗은 등을 향해 한 손을 뻗었다. 그러나 베아트리스는 알고 있었다. 잠이 자신의 피부에 꼭 필요하다는 것을, 자신에게 자연스럽고 순수하고 유일한 것은 배고픔, 갈증, 그리고 잠이라는 것을. 그녀는 침대의 다른 쪽 끝으로 몸을 옮겼다. 그리고 에두아르는 혼자 남았다.

그는 혼자였다. 지난밤의 감미로운 기억들이 아직도 그의 목구멍을 가득 채우고 있었다. 그러나 그는 그녀의 잠 앞에서, 그녀의 회피하는 몸짓 앞에서 사랑의 회피를 조금씩 간파했다. 그는 두려웠다. 그는 베아트리스를 자기 쪽으로 다시 끌어당겨 그녀의 머리를 자기 어깨에 기대게 하고 그녀에게 감사의 말을 하고 싶었다. 그러나 그의 눈에는 그녀의 완고한 등만 보였고 그녀의 당당한 잠은 계속되고 있었다. 그는 체념한 몸짓으로 침대 시트 위로 손을 뻗어 그녀의 기다란 몸을, 그릇되게 너그러운 몸을 어루만졌다.

그것은 상징적인 각성이었다. 그러나 에두아르는 그것을 그렇게 받아들이지 않았다. 그때 그는 베아트리스를 향한 자신의 열정이 그녀의 등에 붙박인 눈길로 요약되리라는 사실을 알지 못했다. 상징, 사람들은 그것을 스스로 만든다. 그것도 일이 잘 안 돌아갈 때, 시기가 나쁠 때에. 에두아르는 같은 시각 잠에서 깨어나 새벽빛 속에서 자기 애인의 단단하고 매끄러운 등을 바라보고 미소를 짓고는 다시 잠을 청한 조제와 같지 않았다. 조제는 에두아르보다 훨씬 나이가 많았다.

그때부터 베아트리스와 에두아르에게는 삶이 평온하게 자리를 잡았다. 에두아르는 베아트리스가 원할 때 극장으로 베아트리스를 만나러 가 함께 점심을 먹으려고 애썼다. 사실 베아트리스는 여자들끼리 하는 점심 식사를 소중하게 여겼다. 두 가지 이유 때문이었는데, 그중 하나는 여자들끼리 하는 점심 식사가 요즘 미국에서 널리 유행하고 있다는 이야기를 어디선가 읽었기 때문이고, 또 다른 하나는 자기보다 나이 많은 여자들에게서 많은 것을 배울 수 있다고 생각했기 때문이다. 그래서 그녀는 나이든 여배우들과 자주 점심을 먹었다. 그 여배우들은 떠오르는 베아트리스의 명성을 질투한 나머지 베아트리스를 쌀쌀맞은 여자로 간주하는 열등 콤플렉스를 느끼고 있었다.

명성이란 한 번에 폭발하지 않고 서서히 퍼져나간다. 어느 날 그녀는 저명하다고 인정받는 한 연극 관계자의 주목을 받게 되었다. 앙드레 졸리오에게서 역할 하나를 제안받은 것이다. 그는 연극 연출가이자 요리 관련 저술가이며 그 밖에도 다양한 활동을 하는 사람이었다. 그가 10월에 상연할 자신의 다음 작품에서 꽤 큰 배역 하나를 맡아달라고 그녀에게 제안했다. 게다가 그 작품에 대해 이야기하자며 미디(프랑스 남부 지방─옮긴이)에 있는 자신의 별장에 그녀를 초대까지 했다.

베아트리스는 베르나르에게 전화하고 싶었다. 그녀는 그를

'지적인 청년'으로 여기고 있었다. 비록 베르나르가 그 배역을 거절하라고 여러 번 충고했지만 말이다. 베아트리스는 사람들에게서 베르나르가 푸아티에에 있다는 이야기를 듣고 깜짝 놀랐다. '푸아티에에서 대체 뭘 하는 거지?'

그녀는 니콜에게 전화를 했다. 니콜은 퉁명스러운 목소리로 전화를 받았다. 베아트리스가 그녀에게 물었다.

"베르나르가 푸아티에에 가 있다면서요? 대체 무슨 일이에요?"

"모르겠어요. 거기서 일하고 있어요."

니콜이 대답했다.

"간 지 얼마나 됐는데요?"

"두 달요."

니콜이 말했다. 그러더니 갑자기 오열을 터뜨렸다.

베아트리스는 당황했다. 그녀는 선의 비슷한 것을 아직 지니고 있었던 것이다. 그녀는 상상력을 발휘하여 베르나르가 푸아티에 시장의 아내와 사랑에 빠진 것이 아닌가 하고 생각했다. 그렇지 않다면 그 시골 구석에서 어떻게 그렇게 오랫동안 견딜 수 있겠는가? 베아트리스는 가여운 니콜과 만나기로 약속을 잡았다. 그런 다음 앙드레 졸리오에게서 초대를 받았고, 그와의 약속을 거절할 수가 없어서 조제에게 전화를 했다.

조제는 자기 아파트에서 책을 읽고 있었다. 기분이 별로 좋지 않은 상태였고, 전화가 오자 진력이 나는 동시에 안도감을 느꼈다. 베아트리스는 좋지 않은 조제의 상태를 더욱 악화시키면서 그녀에게 상황을 설명했다. 그러나 조제는 베아트리스의 말에서 아무것도 이해하지 못했다. 왜냐하면 그 전날 베르나르에게서 온 아주 아름다운 편지를 받았기 때문이다. 베르나르는 그 편지 속에서 그녀에 대한 자신의 사랑을 평온하게 분석하고 있었고, 그 내용에서 푸아티에 숨겨둔 여자가 있다는 기미 같은 것은 전혀 발견할 수 없었다. 어쨌든 그녀는 니콜에게 가보겠다고 베아트리스와 약속했고 실제로 그렇게 했다. 평소에 조제는 베아트리스가 말하는 것을 대체적으로 잘 들어주었기 때문이다.

니콜은 살이 쪄 있었다. 조제는 집 안으로 들어서면서 그 사실을 눈치 챘다. 불행은 많은 여자를 살찌게 만든다. 음식이 생체 본능으로 인해 그녀들을 안심시켜주기 때문이다. 조제는 베아트리스 대신에 왔다고 니콜에게 설명했고, 베아트리스를 두려워하는 니콜은 베아트리스와 통화를 하면서 눈물바람을 했던 일을 쓰라리게 후회했지만, 조제의 등장에 매우 안정이 되었다. 조제는 날씬했고, 얼굴은 젊고 활기찼으며, 몸짓은 마치 새 같았다. 그러나 조제의 예외적인 여유로움을 이해할 수 없는 니콜로서는 조제가 삶 앞에서 자신보다 훨씬 더 서투른 것으로 여겨졌다.

"우리 시골에 갈까요?"

조제가 제안했다.

조제는 커다란 미국산 자동차를 빠르고 솜씨 좋게 운전했다. 니콜은 좌석 한쪽 끝에 쪼그리고 앉아 있었고, 조제는 임무를 완수한다는 막연한 감정과 권태를 동시에 느끼고 있었다. 조제는 베르나르의 편지를 떠올렸다.

'조제, 난 당신을 사랑합니다. 그건 내게는 꽤 고통스러운 일이에요. 나는 여기서 일하려고 애쓰고 있지만, 잘되지 않는군요. 내 삶은 음악 없는 느린 현기증과도 같아요. 난 당신이 나를 사랑하지 않는다는 것을 알고 있습니다. 하지만 당신은 왜 나를 사랑하려 했죠? 그래요, 그건 근친상간이죠. 우리는 '같은' 사람들이니까요. 물론 이제는 그게 그리 중요하지 않죠. 그렇기 때문에 내가 당신에게 이 편지를 쓰는 겁니다. 나는 말하고 싶어요. 당신에게 편지를 쓰든 쓰지 않든, 이젠 더 이상 중요하지 않다는 것을요. 그건 고독이 주는 유일한 혜택이죠. 사람들은 어떤 형태의 허영심을 스스로 인정하기도 하고, 부인하기도 합니다. 그리고 이 청년이 있습니다. 물론 나는 허영심을 좋아하지 않죠.'

조제는 편지 속의 문장을 거의 모두 기억했다. 그녀는 아침 식사를 하는 동안 그 편지를 읽었고, 자크는 옆에서 조제의 아버지가 구독해준 「르 피가로」를 읽고 있었다. 그녀는 끔찍하고 혼란스러운 감정을 느끼며 편지를 침대 머리맡 탁자 위에 올려놓았다. 이윽고 자크가 휘파람으로 노래를 부르며 일어나 매일 아침 그러듯 신문에 흥미로운 내용이 전혀 없다고 말했다. 그녀는 자크가 신문 읽는 일에 쏟는 편집광적인 세심함을 이해하지 못했다. '아마도 자크는 놀고먹는 여자 한 명쯤은 죽였을 거야.' 그녀는 웃으며 속으로 생각했다. 이윽고 자크가 샤워를 했고, 더플코트를 손에 들고 욕실에서 다시 나와서는 그녀에게 키스를 하고 강의를 들으러 갔다. 아직은 그가 견딜 수 없게 느껴지지 않는다는 사실에 그녀는 조금 놀랐다.

"내가 나무로 불을 피우는 여인숙을 하나 알고 있어요."

니콜의 침묵에서 벗어나기 위해 조제가 입을 열어 말했다.

조제가 그녀에게 무슨 말을 할 수 있을까? '당신 남편이 나를 사랑해요. 나는 그를 사랑하지 않고요. 난 당신에게서 그를 빼앗지 않을 거고, 그도 이 상황을 잘 넘길 거예요.' 그러나 이런 말을 하는 것은 조제에겐 베르나르의 지성을 배반하는 행위로 여겨졌다. 또한 니콜의 얼굴을 마주 보고 모든 것을 설명하는 것은 사형집행이나 다름없을 것이다.

니콜과 조제는 베아트리스에 대해 이야기하면서 점심을 먹었다. 그런 다음엔 말리그라스 부부에 대해 이야기했다. 니콜은 말리그라스 부부가 서로 사랑하며 정절을 지킨다고 믿고 있었다. 조제는 정절 부분에 대해서는 니콜이 잘못 생각하고 있다는 것을 굳이 깨우쳐주지 않았다. 그녀는 자신이 선량한 사람이고 지쳐 있다고 느꼈다. 니콜은 그녀보다 세 살이 많았다. 하지만 니콜은 조제에게 해줄 수 있는 것이 아무것도 없었다. 아무것도. 여자들이 남자 문제에 대해 어떤 형태의 어리석음을 지니고 있다는 것은 사실이었다. 조제는 그 사실 때문에 조금씩 신경질이 나고 니콜이 경멸스러워졌다. 식당에서 니콜은 질겁한 눈빛으로 메뉴판을 앞에 놓고 망설였다. 카페에서는 긴 침묵이 이어졌다. 니콜이 불쑥 침묵을 깼다.

"나, 실은 아기를 가졌어요."

"난 생각도 못하고 있었는데……."

조제가 대꾸했다.

조제는 니콜이 이미 두 번이나 아이를 유산했다는 것을 알고 있었고, 따라서 그녀에게는 아이를 갖지 않는 것이 두말할 필요 없이 바람직한 일로 보였다.

"내가 아기를 하나 바랐거든요."

니콜이 설명했다.

그녀는 고집스러운 표정으로 고개를 숙였다. 조제는 망연자실한 심정으로 그녀를 바라보았다.

"베르나르도 그걸 알고 있어요?"

"아뇨."

조제는 속으로 생각했다.

'세상에, 성서에나 나오는 여자가 바로 여기 있었네. 남자를 붙잡아두려면 아기 하나만 있으면 충분하다고 생각하고 남자를 그런 무시무시한 상황 속으로 몰아넣는 여자 말이야. 난 결코 그런 여자는 되지 않을 거야. 만약 그렇게 되면 아기가 나오기를 기다리는 동안 돌이킬 수 없을 만큼 불행할 거야.'

조제가 단호하게 말했다.

"그에게 편지를 써야 해요."

"난 못해요. 그보다는 우선…… 아무 일도 일어나지 않을 거라는 걸 확인하고 싶어요."

니콜이 대답했다.

"난 당신이 그에게 말해야 한다고 생각해요."

만약 예전에 일어났던 일이 다시 일어난다면, 그리고 베르나르가 그 자리에 없다면…… 조제는 두려움으로 파랗게 질렸다. 조제는 자기가 아기를 가졌고 베르나르가 아기의 아버지라고 상상하고 있었다. 하지만 만약 자크라면…… 그렇다. 자크라면 그녀의 침대 머리맡에서 난처한 표정을 하고 있다가 아기를 보며 빙그레 미소를 지을 것이다. 확실히 조제는 정신착란을 일으키고 있었다.

"그만 돌아가죠."

조제가 말했다.

조제는 파리까지 부드럽게 운전했다. 샹젤리제에 도착했을 때, 니콜의 손이 그녀의 손을 움켜쥐었다.

"날 곧바로 집으로 돌려보내지 말아요."

니콜의 목소리에 너무나 간절한 애원의 심정이 묻어나서 조제는 불현듯 이런 것이 바로 니콜의 삶이로구나, 하고 깨달았다. 이런 외로운 기다림, 죽음에 대한 이런 두려움, 이런 비밀. 그녀는 니콜에게 지독한 연민을 느꼈다. 조제는 니콜과 함께 어느 영화관으로 들어갔다. 십 분쯤 지난 뒤 니콜이 비틀거리며 자리에서 일어났고, 조제는 그녀를 따라갔다. 화장실의 세면대는 을씨년스러웠다. 조제는 니콜이 토하는 동안 붙잡아주고, 땀에 젖은 그녀의 이마를 닦아주었다. 그리고 공포와 동정심이 솟아오르는 것을 느꼈다. 조제는 집에 돌아가서 자크를 만났다. 자크는 신이 나서 하루 동안 있었던 일을 이야기했고, 그녀를 '내 사랑스러운 누님'이라고 부르기까지 했다. 그런 다음 의학 공부는 내팽개친 채 그녀에게 외출하자고 제안했다.

6

베르나르에게 전화해서 돌아오라고 말하기 위해 조제는 이틀 동안 애를 썼다. 베르나르는 국유치 우편(발신인이 지정한 우체국에 우편물을 유치해두면, 그 우체국에서 수신인에게 우편물을 교부하는 제도—옮긴이)으로 편지를 보내오고 있었다. 처음에 그녀는 니콜을 푸아티에에 보내려고 했다. 그러나 니콜은 고집스럽게 거부했다. 지금 니콜은 과거에 조제를 미칠 지경으로 만들었던 끊임없는 고통을 느끼고 있었다. 그래서 조제는 자기 자동차를 몰고 베르나르를 찾으러 가기로 결심했고, 자크에게 함께 가자고 부탁했다. 그러나 자크는 강의 때문에 안 된다며 거절했다.

"부지런히 운전하면 왕복 한나절이면 갔다 올 수 있을 거야."

조제가 그를 졸랐다.

"그래요. 그리 오래 걸리지는 않겠네요."

자크가 심드렁하게 대꾸했다.

그녀는 자크를 때려주고 싶었다. 자크는 매사에 너무 단호하고 명쾌해서, 그가 침착함을 잃고 동요하여 스스로를 변호하는 모습을 단 일 초라도 보려면 비싼 대가를 치러야 했다. 그가 제멋대로 조제의 어깨를 감싸안았다.

"당신 운전 잘하잖아요. 혼자 있는 것도 좋아하고. 그러니 혼자서 그 사람을 만나러 가는 게 낫겠어요. 이 일은 그 사람과 그 사람 아내의 일이지 나와는 관련이 없어요. 나와 관련 있는 건 당신의 일이죠."

그는 마지막 말을 하면서 눈꺼풀을 깜박였다.

조제가 황급히 말했다.

"오! 당신도 알겠지만, 실은 오래전에 말이야……."

"난 아무것도 몰라요. 만약 내가 뭔가 알고 있다면 함께 가겠죠."

그가 자르듯 말했다.

조제는 경악과 희망을 닮은 모호한 감정을 느끼며 그를 바라보았다.

"당신 지금 질투하는 거야?"

"그런 문제가 아니에요. 난 이런 일에 말려들기 싫다고요."

그가 돌연 조제를 자기 쪽으로 끌어당기더니 그녀의 뺨에 입을 맞췄다. 그 행동이 너무 서툴러서, 조제는 그의 목덜미에 팔을 두르고 그를 꼭 껴안았다. 그녀는 그의 목에, 그리고 그의 두툼한 재킷 어깨 부분에 입을 맞추고는 빙그레 미소를 띠며 생각에 잠긴 목소리로 "갈 거지? 함께 가줄 거지?" 하며 계속 졸랐다. 그러나 그는 입을 꼭 다문 채 꿈쩍도 하지 않았다. 조제는 자신이 마치 숲에서 맞닥뜨린 곰과 사랑에 빠진 것 같다는 생각을 했다. 아마도 그녀를 사랑하는, 하지만 동물이기 때문에 그녀에게 그 말을 하지 못하는 곰과.

"이제 그만해요."

자크가 투덜대며 말했다.

그래서 그녀는 어느 아침 이른 시각에 자기 자동차의 운전석에 앉아 혼자 출발했다. 그리고 겨울에서 벗어나고 있는 들판을 천천히 달렸다. 날씨가 무척 추웠고, 곡식이 말끔히 베어진 들판을 창백한 태양이 반짝이며 비추고 있었다. 그녀는 자동차 덮개를 열고 자크에게 빌린 재킷의 깃을 세웠다. 추위 때문에 그녀의 얼굴이 딱딱해졌다. 길에는 차들이 거의 없었다. 열한 시에 그녀는 길가에 차를 세우고, 꽁꽁 언 손을 장갑에서 빼내어 담배에 불을 붙였다. 출발한 이후 처음으로 피우는 담배였다. 그녀는 눈을 감고 몸을 뒤로 젖혀 자동차 좌석 등받이에 기댄 채 담배 연기를 천천히 들이마시며 잠시 꼼짝 않고 있었다. 날씨가 추웠지만 눈꺼풀에 햇빛이 느껴졌다. 주변은 완전한 침묵이었다. 눈을 다시 뜨면서 그녀는 가까운 들판 위에 까마귀 한 마리가 내려 앉는 것을 보았다.

그녀는 자동차에서 나와 들판 한가운데에 나 있는 길 위로 내려섰다. 그리고 파리에서와 똑같은 걸음걸이로, 무사태평하면서도 근심 어린 걸음걸이로 걷기 시작했다. 그녀는 농장 하나, 나무 몇 그루를 지나쳤다. 길은 줄곧 평원 속으로 똑바로 이어지며 시야에서 사라져갔다. 얼마 후 그녀가 뒤를 돌아다보았을 때, 자신의 충실한 검은 자동차가 여전히 길 위에 서 있는 것이 보였다. 그녀는 올 때보다 더 천천히 돌아갔다. 그녀는 상태가 좋았다.

"틀림없이 해결책이 있을 거야. 설사 해결책이 없다고 해도⋯⋯."

그녀가 높은 목소리로 말했다.

까마귀가 까악까악 울며 하늘로 날아올랐다.

"난 이런 휴식을 사랑해."

그녀가 역시 높은 목소리로 중얼거렸다. 그녀는 다 피운 담배 꽁초를 땅바닥에 던지고 발로 세심하게 눌러 껐다.

그녀는 여섯 시경에 푸아티에에 도착했다. 베르나르가 묵고 있는 호텔을 찾기까지는 오랜 시간이 걸렸다. '레퀴 드 프랑스'의 거드름 피우는 듯하고 어두운 로비가 음산하게 느껴졌다. 호텔 직원이 베이지색 실로 짠 양탄자가 깔린 긴 복도를 통해 그녀를 베르나르의 방으로 안내했다. 양탄자가 그녀의 발에 자꾸 걸렸다. 베르나르는 문에 등을 돌린 채 글을 쓰고 있었고, 방심한 목소리로 "들어오세요."라고만 말했다. 조제가 아무 대답도 하지 않자 그가 놀라서 뒤를 돌아보았다. 그 순간 그녀는 그의 편지 그리고 그녀가 여기 온 것이 그에게 어떤 의미를 줄지에 대해서만 생각하고 있었다. 그녀는 뒤로 한 걸음 물러섰다. 하지만 베르나르가 큰 소리로 말했다. "당신 왔군요!" 그가 그녀에게 두 손을 내밀었다. 그의 얼굴 표정이 너무나 확 달라졌기 때문에 조제는 막연히 이런 생각을 했다. '이건 행복한 남자의 얼굴이야.' 그가 그녀를 품에 꼭 안고, 자신의 머리를 그녀의 머리칼에 대고 애절한 몸짓으로 천천히 비볐다. 순간 그녀는 돌처럼 굳어버린 나머지 '이 사람을 미망에서 깨어나게 해야 해. 이건 가증스러운 일이야. 이 사람에게 말해야 해.' 하는 생각 말고 다른 생각을 할 수가 없었다. 그러나 베르나르는 이미 자기 이야기를 하고 있었고, 그의 말 한마디 한마디가 진실을 가로막는 장애물이 되었다.

"당신이 정말 오리라고는 기대하지 않았어요. 감히 그럴 수가 없었죠. 그건 지나치게 아름다운 일이니까요. 당신 없이 내가 어떻게 이렇게 오랫동안 여기서 지낼 수 있었을까요? 참으로 신기해요, 행복은……."

조제가 그의 말을 자르며 끼어들었다.

"베르나르, 베르나르."

그가 조제의 말은 아랑곳하지 않고 덧붙였다.

"당신 알아요? 참 재미있는 일이에요. 난 이렇게 되리라고는 상상하지 못했거든요. 난 그것이 강렬한 어떤 것이라고 생각했어요. 난 당신에게 질문을 퍼부을 거고, 그건 내가 아주 잘 알고 있던 어떤 것, 내게 결핍되어 있던 어떤 것을 되찾은 것과도 같으니까요.."

"베르나르, 나 당신에게 말할 것이 있어요……."

하지만 조제는 그가 자신의 말을 중단시킬 거라는 사실을, 그리고 자신이 침묵할 거라는 사실을 이미 알고 있었다.

베르나르가 말했다.

"아무 말도 하지 말아요. 이건 너무나 오랜만에 내게 일어난 진실한 사건이니까요."

조제는 속으로 생각했다.

'아마도 맞는 말일 거야. 베르나르에겐 정말로 그를 사랑하고 정말로 위험에 처해 있는 아내가 있고, 그 자신은 진짜 드라마의 가장자리에 처해 있어. 하지만 그건 베르나르에게는 유일한 진실이지. 베르나르는 지금 잘못을 저지르고 있고, 나는 그 잘못을 저지르도록 내버려두고 있어. 진실한 행복, 그리고 잘못된 사랑 이야기. 우린 달리는 말의 고삐를 당길 수 없을 거야.'

그녀는 말하기로 한 것을 결국 포기했다. 그녀는 침묵했다. 왜냐하면 지금 그녀가 느끼고 있는 것은 연민도 빈정거림도 아니고, 커다란 공모감이었기 때문이다. 그녀도 언제든 틀림없이 그처럼 실수할 것이고, 그처럼 잘못된 파트너와 함께 행복을 향유할 것이다.

베르나르가 조제를 코메르스 카페로 데려가 하얀 카시스 주를 마시게 했다. 그는 그녀에 대해, 그 자신에 대해 이야기했다. 그는 이야기를 잘했다. 그녀로서는 누군가와 이렇게 이야기를 나누는 것이 실로 오랜만이었다. 그녀는 엄청난 무력감의, 엄청난 상냥함의 포로였다. 푸아티에가 그녀 위로 다시 닫혀버렸다. 광장은 노란빛과 잿빛이었고, 검은 옷을 입은 사람들이 아주 가끔씩 지나갔다. 몇몇 손님의 호기심 어린 시선과 겨울이어서 헐벗은 플라타너스들, 이 모든 것이 그녀가 늘 알고 있던, 그리고 이번에 다시 한 번 발견하는 부조리한 세상에 속해 있었다. 그날밤 조제는 잠든 베르나르 옆에서, 한쪽 팔을 탐욕스럽게 그녀의 어깨 위에 올려놓은 채 그녀를 조금 거북하게 하고 있는 그 무심하고 기다란 몸 옆에서 벽지의 꽃무늬들을 비추는 자동차 헤드라이트 불빛을 오랫동안 바라보았다. 사방이 고요했다. 이틀 후에 베르나르에게 돌아가자고 말하리라. 조제는 베르나르에게 그 자신의 삶인 이틀을, 행복한 이틀을 허락하고 있었다. 이 일은 틀림없이 그녀에게 비싼 대가를 요구하리라. 그녀에게 그리고 그에게도. 하지만 조제는 베르나르가 이 자동차 헤드라이트 불빛들과 지나치게 그림 같고 조잡한 이 꽃무늬들 속에서 긴 밤을 보내야만 했던 거라고 생각했다. 그리고 그녀 자신이 그에게서 바통을 이어받을 수 있었다. 비록 그것이 거짓말이라는 자비로운 길을 통해서일지라도.

7

앙드레 졸리오는 베아트리스를 자신의 정부로 삼기로 결심했다. 그는 그녀에게서 한편으로는 재능을, 또 다른 한편으로는 야망의 잔인한 어둠을 알아보았고, 그 두 가지가 흥미를 끌었다. 어쨌든 그는 베아트리스의 아름다움에 반응했고, 그들이 커플이 된다는 생각은 그의 미적 감각을 끊임없이 일깨우며 그를 만족스럽게 했다. 올해 쉰 살인 그는 메마르게 느껴질 정도로 야윈 몸에, 빈정거리는, 보는 사람으로 하여금 조금 진저리가 나게 하는 표정을 하고 있었으며, 젊은이를 흉내내는 가식적인 몸짓을 하곤 했다. 이 모든 것이 한때 그가 반쯤은 부당하게 찬탈한 동성연애자라는 소문과 미적인 것에 대한 감각을 그에게 안겨주었고, 그것은, 사람들도 아는 바이지만, 때때로 그를 후회스러운 결별로 이끌었다. 앙드레 졸리오는 소위 '눈길을 끄는' 남자 중한 명이었다. 그런 남자들은 예술판에서 반쯤은 방종하게, 반쯤은 오만불손하게 행동했다. 자기 자신에 대한 끊임없는 빈정거림과 사실적이고 구체적인 너그러움이 없다면 그는 그야말로 견딜 수 없는 존재였다.

야망이라는 길을 통해 베아트리스를 정복하는 것은 그에게는 손쉬운 일이었다. 그는 암암리에 이루어지는 이런 종류의 거래를 너무나 잘 알고 있었고, 그것을 재미있어했다. 그는 베아트리스의 내면의 연극 속으로 들어가 거기서 자신의 역할을 연기하기로 마음먹었다. 그는 그 역할이 『파름의 수도원』(프랑스 소설가 스탕달이 1839년에 발표한 소설. 밀라노 대귀족의 아들인 미소년 파브리스는 가출하여 워털루 전투에 참가하기도 하고 애정 문제 때문에 사람을 죽여 투옥되지만, 그때마다 고모인 산세베리나 공작부인과 그녀의 애인인 모스카 백작에게 구출된다. 파브리스는 옥중에서 만난 형무소 소장의 딸 클레리아와 사랑하는 사이가 되고, 석방된 뒤에도 다른 사람과 결혼한 클레리아와 밀회를 거듭한다. 성모에의 맹세를 깨뜨리고 파브리스의 사랑을 받아들인 클레리아는 결국 파브리스의 팔에 안겨 죽고, 파브리스도 슬픔에 잠겨 수도원에 돌아가지만 1년 만에 죽음을 맞는다―옮긴이)의 모스카 역할, 그러나 승리하는 모스카의 역할과 비슷할 것이라고 예견했다. 물론 그에게는 모스카와 같은 위대함이 없었고, 베아트리스 역시 산세베리나의 위대함을 갖고

있지 않았다. 오직 에두아르 말리그라스라는 그 조그만 녀석만
이 파브리스의 매력과 비슷한 어떤 것을 지니고 있었다. 하지만
그런 것이 뭐 그리 중요하단 말인가? 그는 그런 평범한 주제를
좋아했다. 그리고 그가 자기 삶의 경쾌한 평범함 앞에서, 길들여
진 커다란 절망 앞에서 획득한 것은 드물기는 하지만 그것밖에
없었다.

한편, 베아트리스는 권력과 사랑 사이에 사로잡혀 있었다. 아
니, 차라리 권력과 사랑이라는 두 이미지 사이에 가로놓인 에피
날(프랑스 북동부 보주 주의 주도州都. 역사상 전쟁의 소용돌이 속에서 여러 번
양 진영의 각축장이 되었다―옮긴이)이 되어버렸다고 말하는 편이 옳
을 것이다. 한쪽에는 빈정거리기 좋아하고, 위험하고, 눈부신 졸
리오가 있었고, 다른 한쪽에는 상냥하고, 아름답고, 몽상적인 에
두아르가 있었다. 그녀는 그런 상황에 열광했다. 선택을 해야
하는 잔인함은 그녀에게 황홀한 삶을 선물해주었고, 그녀는 순
전히 직업적인 이유로 졸리오에게 유리한 쪽으로 마음을 정한
상태였다. 그 사실이 그녀로 하여금 그 땅의 유일한 주인이었다
면 틀림없이 받아야 했을 아낌없는 주목과 아낌없는 애정 표현
을 에두아르에게 베풀도록 만들었다. 인생은 그녀로 하여금 한

손으로는 빼앗고 다른 손으로는 다시 돌려주게 하고 있었다.

졸리오는 아무런 조건 없이 베아트리스에게 자신의 다음 연극의 여주인공 역할을 주었다. 심지어 그는 그녀에게 에두아르의 아름다움을 칭찬하기까지 했지만, 자신의 의도를 명확하게 밝히는 어떤 수단도 아직 사용하고 있지 않았다. 그러나 그는 만약 베아트리스가 언제든 에두아르와 헤어진다면 그가 그녀와 함께 외출할 수 있어서 행복할 거라는 사실을 뚜렷이 이해시켰다. 그것은 단순하고 정중한 바람으로 보였다. 그러나 사실 그것은 그 이상이었다. 베아트리스 같은 스타일의 여자들은 다른 남자가 생겨야만 현재의 남자를 떠난다는 것을 그는 잘 알고 있었기 때문이다. 어쨌든 베아트리스는 그의 연극에서 여주인공 역할을 맡게 되어 무척 기뻐했다. 그러고 나자 이내 신경이 곤두섰고, 졸리오의 모호한 수작이 걱정스러웠다. 졸리오의 사랑스러운 무심함 앞에서 에두아르에 대한 사랑은 빛을 잃어갔다. 그녀는 승리하고 싶었다.

어느 날 밤, 졸리오가 저녁 식사를 하러 그녀를 '부지발'에 데려갔다. 다른 날들에 비해 날씨가 좋지 않은 밤이었다. 그들은 강둑을 산책했다. 에두아르에게는 어머니 집에서 저녁을 먹는

다고 말해두었다. 베아트리스의 어머니는 엄격한 신교도로, 자기 딸의 엉뚱한 짓거리들을 못마땅하게 여겼다. 그러나 비싼 값을 치르게 한 그 거짓말은 사실 거짓말이라는 값을 치를 만한 성질의 것이 아니었기 때문에 그녀는 참을 수 없어졌다. '나는 아무에게도 설명할 필요가 없어.' 에두아르에게 거짓말을 하면서 그녀는 화가 나서 속으로 생각했다. 한편 에두아르는 그녀가 굳이 자신에게 설명하기를 요구하지 않았다. 그는 그저 자신이 행복하도록 그녀가 자기를 내버려두기를 바랐고, 그녀와 함께 저녁을 먹을 수 없어서 정말로 실망했다. 그러나 그녀는 그에게 의혹과 질투심을 불러일으켰다. 그녀는 그가 그녀를 사랑한다는 것을, 젊은이의 사랑이 담고 있는 엄청난 신뢰감으로 그녀를 사랑한다는 것을 알지 못했다.

졸리오는 베아트리스가 강에 떠 있는 거룻배의 매력에 대해 이야기하는 것을 한쪽 귀로 흘려들으며 그녀의 팔을 붙잡고 걸었다. 그랬다. 에두아르와 함께 있을 때 베아트리스는 세상일에 조금 흥미를 잃은 팜므 파탈 역할을 기꺼이 연기했다. 그녀는 그 역할을 좋아했다. 반면 졸리오와 함께 있을 때는 열광하는 어린아이의 역할을 연기했다.

"너무 아름다워요! 센 강과 여기 떠 있는 거룻배들에 대해 제대로 이야기할 줄 아는 사람은 아무도 없을 거예요. 아마도 베를렌이……."

그녀가 말했다.

"아마도 그럴 거요……."

졸리오는 몹시 기쁜 마음으로 베아트리스가 시적인 감흥을 길게 토로하는 모습을 지켜보았다.

'어쩌면 난 이 여자가 나를 웃게 하기 때문에 이 여자를 뒤쫓는 것인지도 모르겠군.'

그는 생각했다. 그 생각은 그를 즐겁게 했다.

"제가 어렸을 때…… (베아트리스는 이 말을 한 뒤 졸리오가 웃기를 기다렸고, 실제로 그가 웃었다.) 그러니까 아주 어렸을 때 말이에요, 전 이렇게 물을 따라 걷곤 했어요. 그리고 속으로 삶은 아름다운 것들로 가득 차 있다고 생각했죠. 저 자신도 열광으로 가득 차 있었고요. 당신이 어떻게 생각하시는지 모르지만, 저에게는 그 열광이 아직 남아 있어요."

그녀가 말했다.

"나도 그렇다고 생각하오."

졸리오가 대꾸했다. 점점 더 만족스러워하면서.

"하지만······ 요즘 같은 시대에 아직도 거룻배 같은 것에 관심을 갖고 열광하는 사람이 있을까요? 문학, 영화, 연극도 포함해서 말이에요······."

졸리오는 아무 대답 없이 고개를 끄덕였다.

베아트리스가 꿈꾸는 듯한 목소리로 말했다.

"열 살 때의 일이 기억나요. 하지만 제 어린 시절 이야기가 당신에게 뭐 그리 중요하겠어요!"

그녀가 말을 멈췄다.

베아트리스의 이 퉁명스러운 공격이 졸리오를 무장해제시켰다. 그는 잠시 공황 상태에 빠졌다.

"당신의 어린 시절 이야기 좀 해보세요. 난 당신을 너무 몰라요. 당신은 마치 주변 사람들에겐 수수께끼나 다름없으니까요······."

베아트리스가 말했다.

졸리오는 필사적으로 어린 시절의 기억을 떠올려보려 했다. 그러나 기억력이 그를 배반했다.

"나에겐 어린 시절이 없었소."

그가 뭔가 북받쳐오르는 표정으로 말했다.

"끔찍한 말씀을 하시네요."

베아트리스가 말했다. 그러고는 졸리오의 팔을 꼭 붙잡았다.

졸리오의 어린 시절은 그 상태에 그대로 머물러 있었다. 반면 베아트리스의 어린 시절은 여러 가지 일화로 풍부해졌다. 어린 베아트리스의 천진함, 사교적이지 못한 성격, 매력이 그것을 관통하고 있었다. 그녀는 옆에서 보기에도 감정이 고조되어 있었다. 마침내 그녀의 손과 졸리오의 손이 졸리오의 호주머니 속에서 서로 만났다.

"당신 손이 서늘하군."

졸리오가 조용히 말했다.

그녀는 대답하지 않고 그에게 몸을 조금 기댔다. 졸리오는 그녀가 준비되었다고 느꼈지만, 이런 확인이 그의 흥미를 별로 끌어당기지 않았기 때문에 자신이 지금 그녀를 원하고 있는지 잠시 생각해보았다. 그는 그녀를 집으로 데려다주었다. 자동차 안에서 그녀가 그의 어깨에 머리를 기대고 그의 몸에 자신의 몸을 붙여왔다.

'이제 다 됐어.'

졸리오는 조금 피로를 느끼며 생각했다. 그리고 그녀를 집까지 데려다주었다. 그가 그녀와 첫날밤을 보내고 싶은 곳이 바로 그녀의 집이었기 때문이다. 삶에 조금 피곤해하는 많은 사람처럼, 그는 자신의 연애사건에 낯선 변화를 추구했다. 집 앞에 도착했는데도 베아트리스는 침묵을 지키며 여전히 꼼짝 않고 있었고, 그래서 졸리오는 그녀가 자고 있다는 것을 알았다. 그가 그녀를 부드럽게 흔들어 깨우며 그녀의 손에 입을 맞췄다. 그런 다음 그녀가 완전히 정신을 차리기 전에 그녀를 엘리베이터에 태웠다. 집 안은 불이 꺼져 있었고, 에두아르가 흐트러진 셔츠 깃 사이로 여자같이 길고 반짝이는 목을 드러낸 채 잠을 자고 있었다. 순간 베아트리스의 눈에 눈물이 고였다. 졸리오가 자신에게 접근하고 있다는 것을 줄곧 몰랐기 때문에 화가 났고, 자신이 에두아르가 잘생겼다고 생각하며, 그 사실이 공공장소인 식당 말고 다른 곳에서는 정말이지 아무런 도움도 되지 않았기 때문에 화가 났다. 그녀가 에두아르를 깨웠다. 에두아르는 잠에서 이끌어낸 축축한 어조로 그녀에게 사랑한다고 말했다. 그러나 그 말은 그녀를 위로하지 못했다. 에두아르가 그녀와 함께 밤을 보내기를 바랐지만 그녀는 편두통을 핑계로 거절했다.

한편 졸리오는 경쾌한 기분으로 자신의 집으로 걸어가다가 한 여자를 따라 어느 바로 들어갔고, 거기서 죽을 만큼 취한 알랭 말리그라스를 만났다. 그가 알랭을 알고 지낸 이십 년의 세월 동안 그렇게 취한 모습을 본 것은 처음이었다.

알랭 말리그라스는 베아트리스와 처음으로 단둘이 만나 시간을 보낸 뒤, 다시 그녀를 만나지 않기로 결심했다. 그 정도로 그와 다른, 그 정도로 폐쇄적인 누군가를 사랑한다는 것은 견딜 수 없는 일이었기 때문이다. 일이 그를 구원해줄 터였다. 게다가 베르나르가 없어서 일이 더 많아졌다. 그는 파니의 충고에 따라 베아트리스를 잊으려고 노력했다. 그러나 당연히 그러지 못했다. 열정이란 삶의 소금이며, 열정의 지배 아래에서 사람은 소금 없이 살 수 없다는 것—열정이 존재하지 않을 때는 너무나 잘할 수 있는 일이지만—을 그는 너무나 잘 알고 있었다. 어쨌든 그는 베아트리스를 다시 만나지 않도록 조심했고, 가능한 자주 에두아르를 자기 집으로 끌어들이는 것으로 만족했다. 에두아르에게서 보이는 그 모든 행복의 기색에 끔찍스러운 기쁨을 느끼면서. 그는 심지어 이런 상상까지 했다. 에두아르의 목에 난, 면도

하다 생긴 상처가 베아트리스가 부드럽게 물어뜯어서 생긴 상처라는. 왜냐하면 에두아르의 억지웃음에도 불구하고 알랭은 관능적인 상상밖에 할 수 없었기 때문이다. 조카의 눈가에 검푸른 그늘이 진 것과 조카의 피곤해하는 기색이 그에게는 고통의 구실이 되었다. 그는 새로운 원고들을 뒤적이고, 주석을 쓰고, 전표를 작성하면서 사무실에서 오랜 시간을 보냈다. 그가 두꺼운 종이 위에 자를 대고 초록색 잉크로 글자 밑에 줄을 긋다가 갑자기 손을 멈췄다. 초록색 줄이 행을 엉망으로 벗어나 있어서 전표를 다시 작성해야 했다. 그의 가슴이 방망이질쳤다. 지난번 저녁 식사 중에 베아트리스가 했던 말 한마디가 그의 머릿속에 떠올랐기 때문이다. 그는 작성하던 전표를 서류함에 던져버리고 처음부터 다시 시작했다. 그는 길에서 친구들과 마주쳤지만 인사를 하지 않았다. 그리고 점차 사람들이 그에게 늘 기대했던, 방심한 매력적인 지식인이 되어갔다.

그는 신문을 읽을 때 공연란부터 읽었다. 사람들이 베아트리스에 대해—그녀에 대한 언급이 바야흐로 시작되고 있었다—어떻게들 말하는지 알고 싶었기 때문이다. 그런 다음엔 방심한 눈으로 연극 선전광고들을 죽 훑어내려갔다. 그는 늘 '랑비귀(파리

탕플 대로에 1769년 세워진 극장. 무언극과 요정극을 주로 공연했다—옮긴이)'
의 커다란 광고에 도달한 다음, 베아트리스의 이름이 적힌, 작은
글자로 된 제목들 밑에서 신문 읽기를 끝냈다. 그는 혹시 잘못
본 것이 아닌가 하여 즉시 눈을 다시 들었다. 그리고 전문 저널
리스트들의 습관적인 험담을 주의 깊게 다시 읽어보았다. 어제
그는 '화요 휴관'에 대해 읽었다. 그리고 심장이 덜컥 내려앉는
것을 느꼈다. 그는 매일 밤 십 분씩 무대 위에서 베아트리스를
볼 수 있다는 것을 알고 있었다. 그리고 늘 그러고 싶은 마음에
저항해왔다. 하지만 휴관이라는 위협은 그의 희망을 산산조각
내버렸다. 그렇다면 오늘 밤엔 공연이 없을 터였다. 하지만 그
는 그런 생각조차 할 수 없었다. 베아트리스…… 아름답고 난폭
한 베아트리스…… 그는 눈을 가렸다. 더 이상 어쩔 수가 없었
다. 그는 집으로 돌아가면서 에두아르를 만났고, 베아트리스가
어머니 집에서 저녁을 먹고 있다는 말을 들었다. 하지만 이 소식
은 알랭을 위로해주지 못했다. 악(惡)은 이미 성립되었고, 그는
자신이 어느 정도 거기에 다다랐는지 이미 이해하고 있었다. 그
는 저녁 식사를 핑계로 플로르 카페 주변으로 비참한 발길을 이
끌었고, 거기서 친구 두 명을 만났다. 그들도 그에게 구원이 되

115

어주지 못했다. 그들은 그의 창백한 안색을 보고는 위스키를 한 잔, 두 잔 연거푸 권했다. 알랭 말리그라스는 간만 해칠 뿐이었다. 그는 계속해서 마셨고, 자정이 되자 마들렌 구역의 한 수상쩍은 바에서 졸리오와 자리를 함께하게 되었다.

*

알랭의 상태는 엉망진창이었다. 게다가 그는 알코올이 잘 받지 않았다. 지나치게 섬세한 그의 얼굴에서 눈꺼풀만 잔뜩 부풀어올라 있었고, 안면근육이 마구 떨려 이목구비가 단정치 못한 상태였다. 졸리오는 알랭과 열렬히 악수를 나눈 뒤 깜짝 놀랐다. 그가 여자들이 있는 바에서 혼자서 술에 취해 있는 모습은 상상도 하지 못했기 때문이다. 졸리오는 알랭을 매우 좋아했고, 그런 알랭의 모습을 보자 호기심과 사디즘, 우정이 뒤섞인 감정에 사로잡혔다. 그런 다음에는 그가 처해 있는 상황에 흥미를 느꼈다. 그는 감정을 공유하는 것을 좋아했기 때문이다.

그들은 당연히 베아트리스에 대해 이야기하게 되었다.

알랭이 말했다.

116

"자네, 다음번 작품에 베아트리스를 캐스팅했다면서."

알랭은 퍽 행복했다. 지친 동시에 행복했다. 바가 그의 주변에서 빙글빙글 돌았다. 그는 사랑의 경기장—그리고 알코올의 경기장—에 있었다. 거기서 사람들은 자기 자신에게 사로잡힌 것처럼 느끼고 '다른 사람' 없이도 아주 잘 지낸다.

"방금 그녀와 함께 저녁 식사를 한 참이네."

졸리오가 말했다.

'그녀가 거짓말을 했군.'

에두아르가 했던 말을 떠올리면서 알랭 말리그라스는 생각했다.

그는 만족스러운 동시에 실망스러웠다. 왜냐하면 그 거짓말로 인해 베아트리스가 에두아르를 정말로 사랑하는 것은 아니라는 사실을 알 수 있었기 때문이다. 한편 베아트리스가 거짓말쟁이라는 사실은 그녀를 더욱 접근할 수 없는 존재로 만들었다. 그렇다면 그녀는 결코 그에게 속하지 않을 것이기 때문이었다. 알랭은 그것을 알고 있었다. 그녀가 거짓말쟁이라는 사실은 아주 질 좋은 이유였다. 동시에 그녀는 아주 질 좋은 여자는 아니었다. 어쨌건 알랭이 느낀 첫 번째 감정은 안도감이었다.

"그녀는 아주 매력적이야."

알랭이 말했다.

"아름다운 여자지."

졸리오가 입가에 미소를 띠며 덧붙였다.

"아름답고 난폭해."

알랭은 자신이 늘 품고 있던 명제를 다시 떠올리고는 졸리오가 자기에게 말할 때 쓰는 바로 그 어조로 그 말을 내뱉었다.

잠시 침묵이 흘렀고, 두 사람은 각자 그 틈을 이용해 서로를 바라보았다. 그들은 자기들이 반말을 쓰고 등을 두드리는 사이지만 서로에 대해 아무것도 모르고 있다고 생각했다.

"난 그 여자를 몹시 좋아한다네."

알랭이 가련하게 말했다. 하지만 사실 그는 자신의 어조가 가볍게 들리기를 바라고 있었다.

"그야 퍽이나 당연한 일이지."

졸리오가 대꾸했다.

졸리오는 웃고 싶기도 했고, 알랭을 위로하고 싶기도 했다. 그가 처음에 한 성찰은 이것이었다. '상황을 좀 정리할 필요가 있겠군.' 하지만 졸리오는 그것이 사실이 아님을 이내 깨달았다.

베아트리스는 애꾸눈의 늙은이에게라도 쉽게 자신을 허락할 터였다. 사람들은 사랑에서도 부자들에게만 마음을 연다. 그리고 알랭은 자신이 가난하다고 느끼고 있었다. 졸리오가 스카치 두 잔을 더 주문했다. 그는 이 밤이 길고 재미있을 거라고 느꼈다. 그는 이런 종류의 일을 그 무엇보다도 좋아했다. 얼굴 표정이 바뀌고, 손에서 술잔이 미끄러지고, 낮은 어조로 속내 이야기를 하는. 밤이 새벽까지 연장되고, 피로감이 엄습하는.

알랭이 중얼거렸다.

"이 나이에 내가 무엇을 할 수 있을까?"

졸리오가 얼굴을 찡그리며 단호한 목소리로 대답했다.

"뭐든지 할 수 있지."

알랭의 나이는 사실 '그들의' 나이였다.

"그녀는 나에게 맞는 여자가 아니야."

알랭이 말했다.

"누가 누구에게 맞는 일 같은 건 절대 없네."

졸리오가 되는 대로 말했다.

"아니야, 있어. 이를테면 파니는 나에게 맞는 여자야. 하지만 자네도 알다시피 그건 끔찍한 일이지. 그럼으로써 생기는 강박관념 때문이지. 우스꽝스러운 일이지만, 난 내가 통풍 증세를 느낄 때 유일하게 살아 있다고 여겨진다네. 그 나머지 시간은 모두……."

알랭의 푸념에 졸리오가 미소를 지으며 말했다.

"그 나머지 시간은 모두 문학에 바쳐지지. 난 알아. 자네의 괴로움은 베아트리스가 지적이지 못하다는 거지. 그녀는 야망이 있어, 잘 알아둬. 그건 기정사실이야. 사람들은 그녀에게 아무것도 아니야."

"나는 그녀가 알지 못하는 어떤 것을 그녀에게 가져다줄 수 있을 거야. 자네도 알겠지만, 신뢰감, 경의, 그리고 통찰력 같은 것들 말이야…… 아! 그리고 또……."

알랭이 말했다.

그는 졸리오의 눈길 앞에서 말을 멈췄고, 모호한 손짓을 하다가 위스키를 바닥에 쏟았다. 그리고 곧바로 바 여주인에게 사과했다. 졸리오는 그런 알랭을 보면서 연민에 사로잡혔다.

"노력해보게나, 친구. 그녀에게 말해봐. 적어도 그녀가 자네에게 '노'라고 대답한다면 다리는 끊기는 거니까. 자네도 잘 알겠지만 말이야."

"그녀에게 말하라고? 지금 그녀는 내 조카를 사랑하는데? 말을 하는 건 내 유일한 기회를 저버리는 일이 될 거야. 내게 기회가 한 번이라도 있다면 말이야."

"자네 말은 틀렸어. 유혹하려면 시간이 걸리는 사람들이 있어. 물론 베아트리스는 그런 경우는 아니지. 그녀는 스스로 선택해. 시간은 그녀에게 고려의 대상이 아니야."

알랭 말리그라스는 두 손으로 머리카락을 움켜쥐었다. 그는 머리숱이 별로 없었기 때문에 그런 행동을 하자 무척 초라하게 보였다. 졸리오는 베아트리스를 이 친애하는 친구 말리그라스에게 넘겨줄 엉큼한 방법을 막연하게나마 찾아보았다. 물론 그 자신이 그녀를 소유하고 난 다음에. 하지만 그런 방법을 찾아내지 못했다. 그는 두 잔을 더 주문했다. 알랭 말리그라스는 사랑에 대해 이야기하고 있었다. 한 여자가 그 이야기를 듣고 있다가 고개를 끄덕여 동의를 표했다. 그 여자를 잘 알고 있는 졸리오는 그녀에게 알랭을 소개해주고는 그들을 떠났다. 샹젤리제의 새벽은 창백하고 축축했다. 파리 최초의 향기, 들판의 향기가 졸리오의 발걸음을 잠시 멈추게 했다. 그는 숨을 길게 들이마신 뒤 담배에 불을 붙였다. 그리고 빙그레 웃으며 중얼거렸다. "매력

적인 밤이었어." 그런 다음 젊은 남자 같은 걸음걸이로 자기 집
으로 향했다.

8

"내가 내일 전화할게요."

베르나르가 말했다.

그리고 자동차 창문 밖으로 머리를 다시 뺐다. 그는 그녀와의 이별에 모호한 안도감을 느꼈던 것 같다. 극히 열정적으로 사랑하는 사람들에게 그런 일이 일어나듯이. 열정적으로 사랑하는 사람들은 상대방과 헤어진 다음 행복을 음미할 시간을 갖는다. 조제가 베르나르에게 미소지었다. 그녀는 파리의 밤을, 자동차의 소음을, 그녀 자신의 삶을 되찾은 것이다.

"서둘러요."

그녀가 말했다.

그녀는 베르나르가 자신이 머물고 있는 호텔 안으로 들어가는 모습을 바라보았고, 마침내 자동차에 시동을 걸었다. 전날 조제는 베르나르에게 니콜이 겪고 있는 위험에 대해 이야기했고, 돌아가야 한다고 말했다. 조제는 베르나르가 깜짝 놀라고 몹시 두려워할 거라고 기대했다. 하지만 그가 보인 유일한 반응은 이 말이었다.

"당신 그것 때문에 여기 온 거예요?"

조제는 '아니'라고 말했다. 그녀는 그게 얼마만큼의 비열함에서 나온 말인지 알 수 없었다. 아마도 그녀 역시 베르나르만큼이나 푸아티에에서의 이 잿빛 띤 사흘과 그들의 기이한 감미로움을 보호하고 싶은 욕망을 갖고 있었을 것이다. 얼어붙은 들판에서의 느릿느릿한 산책, 긴 대화들, 문장의 부재, 부드러운 밤의 행위들, 이 모든 것이 그들이 저지른 실수라는 공통분모 위에 존재했다. 그들이 저지른 실수는 너무나 부조리했고 이상하리만큼 정직했다.

그녀는 여덟 시경에 자기 아파트에 도착했다. 하녀에게 자크에 관해 묻기 전에 그녀는 잠시 주저했다. 그리고 자신이 출발하고 이틀 뒤에 그가 여기를 떠났다는 것을 알게 되었다. 신발 한 켤레를 잊고 남겨둔 채. 조제는 자크의 예전 주소로 전화를 걸었다. 그러나 그는 이미 이사를 가고 거기 없었다. 어디로 갔는지도 모른다고 했다. 그녀는 전화를 끊었다. 지나치게 넓은 거실의 양탄자 위로 불빛이 내려앉고 있었고, 그녀는 무력감으로 어쩔 줄을 몰랐다. 그녀는 거울 속을 통해 자신의 모습을 들여다보았다. 그녀는 스물다섯 살이고, 주름이 세 개 있으며, 자크를 다시 만나고 싶었다. 그녀는 그가 더플코트를 입은 채 여기 있었으면 하고 막연히 바랐고, 그녀가 집을 비운 것이 그리 중요하지 않은 일이라는 것을 그에게 설명할 수 있기를 바랐다. 그녀는 파니에게 전화를 걸었고, 파니는 그녀를 저녁 식사에 초대했다.

파니는 야위었으며, 알랭은 다른 일에 정신이 팔려 있는 듯했다. 저녁 식사를 하는 동안 조제는 견딜 수가 없었고, 파니는 사교계의 소식을 그녀에게 전해주려고 필사적으로 애썼다. 알랭은 커피를 마시자마자 양해를 구하고는 자리에서 일어나 잠자리에 들기 위해 방으로 갔다. 파니는 뭔가를 묻는 듯한 조제의 눈길에 한동안 저항하다가, 자리에서 일어나 벽난로 쪽으로 가서 물건들을 정돈했다. 그녀의 모습이 너무나 작아 보였다.

"알랭은 어젯밤에 술을 너무 많이 마셨어요. 사과해야겠네요."

"알랭이 술을 많이 마셨다고요?"

조제는 웃었다. 그건 알랭에게 전혀 어울리지 않는 일이었다.

"웃지 말아요."

파니가 불쑥 말했다.

"미안해요."

조제가 사과했다.

결국 파니는 자신과 조제가 '일시적인 바람기'로 여겼던 알랭의 방황이 그들 부부의 삶을 망가뜨리고 있다고 털어놓았다. 조제는 그 방황이 곧 끝날 거라고 파니를 달래보려 헛되이 애썼다.

"알랭은 그리 오랫동안 베아트리스를 사랑하지는 않을 거예요. 베아트리스는 그럴 수 있는 사람이 아니에요. 그녀는 매력적이지만 진실한 감정 같은 것은 잘 모르는 사람이니까요. 혼자서 일방적으로 계속 사랑할 수는 없잖아요. 그녀가 그에게……."

조제는 감히 이렇게 말하지는 못했다. '그녀가 그에게 굴복했나요?' 알랭처럼 예의 바른 사람에게 어떻게 '굴복'한단 말인가?

"아뇨, 물론 그건 아니에요. 당신에게 이런 이야기를 해서 미안해요, 조제. 내가 좀 외로웠나 봐요."

파니가 화를 내며 대꾸했다.

조제는 자정에 파니와 헤어졌다. 파니와 함께 있는 동안 조제는 알랭이 그들의 목소리를 듣고 다시 돌아올까 봐 끊임없이 두려웠다. 불행이 그녀에게 두려움을 불러일으켰다. 그리고 이루어질 수 없는 열정도. 그녀는 모든 게 엉망진창이라는 끔찍한 기분에 휩싸인 채 말리그라스 부부의 집을 나왔다.

그녀는 자크를 찾아내야 했다. 비난받기 위해 혹은 냉대받기 위해. 이 복잡한 상황 말고 다른 것은 아무래도 상관없었다. 그녀는 카르티에 라탱(센 강 좌안에 있으며 생 미셸 대로가 남북으로 뚫려 있다. 프랑스 학술원, 소르본 대학, 콜레주 드 프랑스, 각종 연구기관, 출판사 등이 자리잡고 있다―옮긴이) 쪽으로 발걸음을 옮겼다.

*

밤은 칠흑같이 어두웠고, 비가 조금 내렸다. 파리에서 이렇게 무턱대고 사람을 찾는 것은 불합리하고 끔찍한 일이었다. 이 사실 그리고 피로감이 그녀 안에서 자크를 찾아내야 하는 필요성과 맞서 싸웠다. 그는 분명 어딘가에 있을 것이다. 생 미셸 대로의 카페 안에 혹은 친구 집에. 혹은 어느 여자 집에. 그녀는 이 거리를 속속들이 알지는 못했다. 그녀가 여대생이었을 때 춤을

춘 적이 있는 지하 카바레에 지금은 관광객들이 우글대고 있었다. 그녀는 자신이 자크의 생활에 대해 아무것도 모른다는 것을 깨달았다. 그녀는 자크의 생활을 거칠고 꾸밈없는, 남자 대학생의 전형적인 생활로 상상하고 있었다. 그녀는 기억 속을 헤집어 그가 흘려 말했던 이름과 주소를 필사적으로 찾았다. 그녀는 길을 가다 만나는 카페마다 들어가 안을 살펴보았다. 남자 대학생들의 휘파람 소리와 말소리가 그녀에게는 충격이었다. 이렇게 괴롭고 이렇게 비참한 순간은 실로 오랜만이었다. 이렇게 자크를 찾는 것은 아마도 쓸데없는 일일 거라는 느낌이 몰려오고, 특히 속을 짐작할 수 없는 자크의 얼굴이 떠올라 그녀의 절망을 더욱 악화시켰다.

열 번째로 들어간 카페에서 그녀는 자크를 보았다. 그는 그녀 쪽으로 등을 돌리고 서서 전기 당구를 치고 있었다. 당구대 위에 기울인 등 모양 그리고 까슬까슬한 금발에 둘러싸인 쭉 뻗은 목덜미를 보자마자 그라는 것을 알아보았다. 그녀는 잠시 그의 머리카락이 너무 길다는 생각을 했다. 베르나르처럼. 그건 버림받은 남자의 표시인지도 몰랐다. 그래서 그녀는 앞으로 다가설 마음을 먹지 못했고, 심장이 멎은 듯한 기분으로 한참 동안 꼼짝

못 하고 서 있었다.

"뭐 필요한 거라도 있으신가요?"

카페 여주인이 운명의 도구가 되어주었다. 조제는 앞으로 나아갔다. 그녀는 그 장소에 어울리지 않는, 너무 우아한 외투를 입고 있었다. 그녀는 기계적인 몸짓으로 외투 깃을 세웠고, 자크 뒤에 우뚝 멈춰 섰다. 그리고 그의 이름을 불렀다. 그는 곧바로 뒤를 돌아보지 않았다. 하지만 불그스름한 기운이 그의 목덜미를 지나 뺨 한 귀퉁이로 퍼져나가는 모습이 그녀의 눈에 똑똑히 보였다.

마침내 그가 입을 열었다.

"나에게 할 말이라도 있어요?"

그들은 서로 외면한 채 자리에 앉았다. 자크가 쉰 목소리로 조제에게 뭘 마시겠냐고 물은 뒤, 단호한 태도로 눈을 내리깔고 자기의 두 손을 내려다보았다.

조제가 말했다.

"당신은 이해하려고 노력해야 해."

그리고 그녀는 지친 목소리로 자신의 이야기를 하기 시작했다. 그 모든 것이 그녀에게는 마치 유령 같고 쓸데없는 것으로 느껴졌기 때문이다. 푸아티에, 베르나르, 그리고 베르나르의 성찰들이. 그녀는 자크 앞에 앉아 있고, 자크는 살아 있었다. 그녀의 운명을 결정하려 하는 단단한 덩어리가 다시 한 번 그녀 앞을 가로막고 있었다. 그녀는 말[言]로써 그것에 가까스로 접근할 수 있었다. 그녀는 기다렸다. 그녀의 말은 이 기다림을 배반하는 하나의 수단일 뿐이었다.

마침내 자크가 말했다.

"난 누군가에게 바보 취급받는 걸 좋아하지 않아요."

"이건 그런 문제가 아니야……."

조제가 대답했다.

자크가 눈을 들어 그녀를 바라보았다. 그들 두 사람은 생기를 잃은 채 격분해 있었다.

"그런 문제 맞아요. 어떤 녀석과 함께 살면서 사흘씩이나 다른 녀석과 시간을 보내는 여자는 없죠, 안 그런가요? 그게 아니면 미리 기별을 하든가."

"난 당신에게 설명하려고 노력했어……."

"당신 설명 같은 건 아무 상관 없어요. 난 어린애가 아니에요, 다 자란 남자라고요. 난 거기서 나왔어요. 예전 집에서도 이사

했고요."

그가 여전히 격분한 표정으로 덧붙였다.

"지금까지 여자 때문에 이사까지 한 경우는 별로 없었는데. 그건 그렇고, 어떻게 나를 찾아냈죠?"

"한 시간 동안 이 근처의 카페마다 다 들어가서 찾아봤어."

조제가 말했다.

그리고 그녀는 지쳐서 눈을 감았다. 그늘진 눈 주위에 느껴지는 중압감이 두 뺨을 내리누르는 것만 같았다. 잠시 침묵이 흘렀고, 자크가 억눌려 갈라진 목소리로 물었다.

"왜요?"

그녀는 그 질문이 무슨 의미인지 모르는 채 그를 바라보았다.

"왜 한 시간 동안 나를 찾아다녔어요?"

조제는 또다시 눈을 감고 머리를 뒤로 젖혔다. 목줄기의 정맥에서 피가 격하게 고동쳤다. 이윽고 이렇게 대답하는 자신의 목소리가 들렸다.

"당신이 필요했어."

그리고 그것이 사실이라는 느낌이 그녀의 눈을 눈물로 가득 채웠다.

그날 밤, 자크는 조제와 함께 그녀의 집으로 돌아갔다. 그가 그녀를 품에 안았을 때,.그녀는 이것이 바로 육체라는 것을, 그 행위들을, 그 쾌락을 다시 한 번 알 수 있었다. 그녀는 그의 손에 입을 맞췄고, 그의 손바닥에 입을 댄 채 잠이 들었다. 자크는 오랫동안 잠들지 않고 깨어 있었고, 조제의 어깨 위에 조심스럽게 이불을 덮어준 뒤 다른 쪽으로 돌아누웠다.

9

　베르나르는 자기 집 안으로 들어서다가 간호사 두 명과 마주쳤다. 긴급사태가 일어났다는 직감과 니콜을 살려야 하는데 그럴 수 있을까 하는 무력감이 동시에 느껴졌다. 그는 그 자리에 얼어붙었다. 니콜이 그저께 유산을 했다고 간호사들이 알려주었다. 닥터 마랭이 일단 위험한 고비는 넘겼지만 혹시 모르니 좀더 지켜봐야 한다고 말했다는 것도. 간호사들이 베르나르의 얼굴을 주의 깊게 살폈다. 환자의 사정에 대한 설명을 기대하는 듯했다. 하지만 베르나르는 한마디도 하지 않고 그녀들에게서 멀어져 니콜이 누워 있는 방으로 들어갔다.

　니콜은 그녀의 어머니가 물려준, 도자기로 만든 나지막한 램프에서 새어나오는 어슴푸레한 빛에 둘러싸인 채 베르나르가 들어오는 쪽으로 머리를 향하고 있었다. 베르나르는 용기가 없어서 차마 그 램프가 볼품없다고 말하지 못했었다. 니콜은 안색이 매우 창백했고, 그를 보고도 표정에 변화가 없었다. 그녀는 마치 고통을 참아내는 동물 같은 표정을 하고 있었다. 둔감하면서도 위엄 있는 표정이었다.

"니콜."

베르나르가 그녀의 이름을 불렀다.

그가 침대에 다가가 앉아 그녀의 손을 잡았다. 그녀가 고요하게 그를 바라보았다. 다음 순간 그녀의 눈에 눈물이 차올랐다. 그가 그녀를 조심스럽게 끌어안았고, 그녀는 그의 어깨 위에 힘없이 머리를 얹었다. 베르나르는 생각했다. '어떻게 해야 하지? 무슨 말을 해야 하지? 아, 이게 대체 무슨 일이람!' 그는 한 손으로 그녀의 머리를 어루만졌다. 그녀의 긴 머리카락이 그의 손가락에 걸렸다. 그는 기계적으로 그녀의 머리카락을 빗질하여 풀어내기 시작했다. 그녀는 아직 열이 있었다. '이야기를 해야 해. 이야기를 해야만 해.' 베르나르는 생각했다.

그녀가 먼저 입을 열었다.

"베르나르, 우리 아기가……."

그리고 그녀는 그에게 몸을 의지한 채 오열하기 시작했다. 그의 손 안에서 그녀의 어깨가 마구 들썩이는 것이 느껴졌다.

"그래, 그래."

그가 달래는 어조로 말했다.

그리고 그는 불현듯 깨달았다. 이 여자가 그의 아내라는 것을, 그의 행복이라는 것을, 그녀는 오직 그에게 속한 사람이라는 것을, 그녀는 그만 생각한다는 것을, 그리고 그녀가 죽을 뻔했다는 것을. 이것이 지금 그가 알고 있는 유일한 사실이었다. 그리고 그는 그녀를 잃을 뻔했다. 베르나르는 니콜이 자신의 것이라는 느낌과 그들 자신에 대한 연민에 사로잡혔다. 너무나 비통한 감정이라서 그는 고개를 돌려버렸다. '사람은 모두 고통의 외침 가운데서 태어나. 거기엔 아무런 이유도 없지. 그 다음에 이어지는 건 그 외침이 완화된 형태일 뿐이야.' 이런 괴상한 말이 그의 목구멍까지 올라왔고, 그 말은 자신이 더 이상 사랑하지 않는 여자의 어깨 위에 손을 얹고 있는 그를 힘 빠지게 했다. 그 말은 그가 태어날 때 외쳤던 최초 울부짖음의 귀환이었다. 그 나머지 것들은 모두 도피이고 감정의 폭발이고 희극이었다. 그는 잠시 조제에 대해 잊고 오로지 자신의 절망 속으로 빠져들었다.

나중에 그는 할 수 있는 대로 니콜을 위로했다. 그는 그녀에게 상냥하게 굴었고, 그녀에게 그들의 미래에 대해, 스스로 만족스

럽게 여기고 있다고 그녀에게 말한 적이 있는 자신의 책에 대해,
그들이 곧 가지게 될 아이들에 대해 이야기했다. 그녀는 아기 이
름을 크리스토프라고 짓고 싶었다고 여전히 눈물을 조금 흘리
면서 고백했다. 그는 일단 동의를 표한 뒤 '안'이라는 이름은 어
떻겠냐고 말했고, 그 말을 들은 그녀는 웃었다. 널리 알려진 대
로 남자들은 딸을 더 좋아한다는 사실이 입증되었기 때문이다.
한편 베르나르는 그날 밤 조제에게 전화할 구실을 찾고 있었다.
그는 재빨리 구실 하나를 생각해냈다. 담배가 다 떨어지고 없었
던 것이다. 담배 가게는 사람들이 생각하는 것보다 훨씬 큰 유용
성을 갖고 있었다. 계산 담당 여직원이 즐겁게 그를 맞이했다.

　"드디어 돌아오셨네요."

　그는 공중전화용 토큰을 요청하기 전에 카운터 좌석에서 코
냑 한 잔을 마셨다. 그는 조제에게 이렇게 말할 생각이었다. '당
신이 필요해요.' 그 말은 진실일 테지만, 아무것도 변화시키지
못할 터였다. 그가 그녀에게 그들의 사랑에 대해 말하자, 그녀는
그에게 사랑의 짧음에 대해 말했었다. "일 년 후 혹은 두 달 후,
당신은 날 사랑하지 않을 거예요." 그가 알고 있는 사람 중 오직
그녀, 조제만이 시간에 대한 온전한 감각을 갖고 있었다. 다른

사람들은 격렬한 본능에 떠밀려 시간의 지속성을, 고독의 완전한 중지를 믿으려고 애썼다. 그리고 그 역시 그들과 같았다.

그가 조제의 집에 전화를 했지만 아무도 받지 않았다. 그는 그 기분 나쁜 녀석을 기습하기 위해 조제에게 전화를 했던 요 전날 밤을 떠올리고는 행복감에서 우러나오는 미소를 지었다. 조제는 손을 뒤집어 활짝 편 채 몸을 웅크리고 잠을 자고 있을 터였다. 그것은 그녀가 누군가를 필요로 하고 있음을 뜻하는 유일한 자세였다.

*

에두아르 말리그라스는 피나무꽃을 달인 탕약을 준비하고 있었다. 일주일 전부터 베아트리스는 건강상의 이유로 피나무꽃 탕약을 마시고 있었다. 에두아르는 베아트리스에게 탕약을 한 잔 가져다주었고, 졸리오에게도 한 잔 주었다. 탕약의 맛을 본 졸리오는 웃음을 터뜨리며 맛이 고약하다고 말했다. 그것을 핑계로 두 남자는 스카치를 한 잔씩 마셨다. 그러자 베아트리스는 그들을 술주정뱅이 취급했고, 에두아르는 완벽하게 행복한 기분이 되어 안락의자에서 몸을 뒤로 한껏 젖혔다. 그들은 극장에서 막 이리로 온 참이었다. 에두아르는 베아트리스를 만나러 극장에 갔고, 베아트리스가 마지막으로 자기 집에 가서 한잔하자고 졸리오를 초대한 것이다. 그들 세 사람은 따뜻하게 시간을 보내고 있었다. 밖에는 비가 내리고 있었고 졸리오는 재미있는 사람이었다.

그러나 베아트리스는 잔뜩 화가 나 있었다. 에두아르가 피나무꽃 탕약을 대접하면서 마치 집주인인 양 행세하는 것을 견딜 수 없었다. 그건 그녀에게 누를 끼치는 일이었다. 그녀는 졸리오가 자신과 에두아르의 관계에 대해 알고 있다는 사실을 잊고 있었다. 사랑에 싫증난 여자만큼 자신의 편의에만 마음을 쓰는 사람도 없다. 같은 맥락에서 그녀는 자신이 에두아르를 마치 하인처럼 쉽게 여기며 그런 종류의 행동을 하도록 내몰았다는 사실을 잊고 있었다.

화가 난 그녀는 졸리오가 원하지 않음에도 불구하고 에두아르를 그들의 대화에 참여시키기를 고집스럽게 거부하며 졸리오하고만 연극 이야기를 나누기 시작했다. 결국 졸리오가 에두아르를 돌아보며 물었다.

"보험 일은 어떻게 되어가나요?"

"잘되고 있습니다."

에두아르가 대답했다.

그러고는 얼굴이 붉어졌다. 그는 두 달치 봉급인 10만 프랑을 그의 부장에게 빚지고 있었고, 조제에게는 5만 프랑을 빚지고 있었다. 그는 그것에 대해 생각하지 않으려고 애썼다. 하지만 온종일 심각하게 괴로워했다.

"내게도 그런 일이 필요할 것 같아요. 그런 성격의 일 말이오. 사람들은 천하태평이고, 믿을 수 없게도 연극을 무대에 올리기 위해 필요한 돈에는 아무 관심이 없거든."

졸리오가 별 생각 없이 말했다.

베아트리스가 끼어들었다.

"내가 볼 때 당신은 그런 종류의 일에는 소질이 없어요. 가방을 싸들고 이 집 저 집 돌아다니며 그렇게……."

그녀는 말을 멈추고 에두아르를 향해 모욕적인 미소를 지어 보였다.

에두아르는 꼼짝 않고 아연실색한 표정으로 그녀를 바라보았다.

졸리오가 말을 받았다.

"당신 생각은 틀렸소. 난 보험을 잘 팔 수 있을 거요. 온 힘을 다해 설득하면 틀림없이 잘될 거야. '사모님, 안색이 무척 나쁘시군요. 금방이라도 돌아가실 것 같아요. 그러니 확인해보세요. 남편이 그 푼돈을 갖고 재혼해버릴 수도 있어요.'"

그가 웃음을 터뜨렸다.

에두아르가 자신감 없는 목소리로 항변했다.

"저는 그런 방법으로 일하지 않아요. 전 사무실에서 일해요. 사무실에서 하루 종일 지루해하죠."

그가 '사무실'이라는 단어에 담긴 명백한 의도를 변명하려는 듯한 어조로 덧붙였다.

"하지만 사실 제가 하는 일의 성패는 사람들의 계급을 구분하는 것에 달렸죠……."

베아트리스가 에두아르의 말을 무시하듯 잘랐다.

"앙드레, 당신 스카치 좀 더 마실래요?"

잠시 침묵이 내려앉았다. 졸리오는 분위기를 바꿔보려고 필사적으로 노력했다.

"아니, 그만 됐어요. 예전에 내가 〈죽음 보험〉이라는 아주 좋은 영화를 한 편 봤는데, 당신도 봤나요?"

이 질문은 에두아르를 향한 것이었다. 하지만 베아트리스는 더는 감정을 억제하지 않았다. 그녀는 에두아르가 가버렸으면 했다. 그러나 틀림없이 그는 여기 머물러 있을 터였다. 석 달 전부터 베아트리스가 보여준 모든 태도가 여기 머물러 있어도 좋다고 그에게 허용했으므로. 그는 여기 머무르려 했고 그녀의 침대에서 잠을 자려 했다. 그리고 그것은 그녀를 권태롭게 했다. 죽을 만큼. 마침내 베아트리스는 분풀이를 하려 했다.

"당신도 아시겠지만, 에두아르는 시골에서 왔어요."

"그 영화 캉에서 봤습니다."

에두아르가 말했다.

"그 캉이라는 곳이 어찌나 멋진지!"

베아트리스가 빈정대며 말했다.

에두아르는 가벼운 현기증에 사로잡혀 자리에서 일어났다. 그가 너무나 놀란 기색이어서, 졸리오는 언젠가 자신이라도 베아트리스로 하여금 이 일의 대가를 치르게 해야겠다고 생각했다.

에두아르는 선 채로 주저하고 있었다. 그의 머릿속에는 베아트리스가 이제 자신을 사랑하지 않는다는 생각, 그리고 그 사실이 그를 괴롭게 한다는 생각만 맴돌 뿐이었다. 그것은 그에게 삶의 파멸을 의미했다. 이런 일은 꿈에도 생각해보지 못했다. 그런데도 그는 예의 바른 목소리로 이렇게 물었다.

"내가 당신을 따분하게 하나요?"

"아니, 전혀 그렇지 않아."

베아트리스가 야만스럽게 대답했다.

어슴푸레한 빛 속에 잠겨 뒤로 젖혀진, 너무나 아름답고 너무나 비극적인 그 얼굴, 아무렇게나 놓인 그 육체가 그에게는 가장 좋은 답이 될 터였다. 베아트리스가 때로 냉정하게 굴었음에도 불구하고, 그는 그녀를 육체적으로 사랑했다. 모순되게도 그 냉정함, 그 무표정 앞에서 가장 조심스럽고 가장 열렬한 행위들을 발견했던 것이다. 죽은 여자와 사랑에 빠진 젊은이와 다름없는 그는 팔꿈치를 괸 채 그녀가 잠자는 것을 바라보며 몇 시간이고 그녀 곁에 머물러 있었다.

그날 밤, 베아트리스는 평소보다 훨씬 먼 곳에 있었다. 그녀는 양심의 가책 같은 감정과는 상관이 없는 여자였다. 그것이 그녀의 매력이었다. 그는 거의 잠을 자지 못했고, 자신이 불운하다고 믿기 시작했다.

　한편 베아트리스는 자신에 대한 졸리오의 감정을 확신할 수가 없어서 에두아르를 완전히 내보내기를 망설이고 있었다. 에두아르처럼 미친 듯이, 일말의 주저함도 없이 그녀를 사랑한 사람은 아무도 없었고, 그녀도 그것을 알고 있었다. 그런데도 그녀는 그들의 만남에 많은 간격을 두었고, 에두아르는 파리에 혼자 남겨졌다고 생각했다.

　그때까지 파리는 그에게 두 개의 길로 요약되고 있었다. 그의 사무실에서 극장으로 가는 길, 그리고 극장에서 베아트리스의 아파트로 가는 길이 그것이었다. 우리는 모두 사랑의 열정이 대도시의 한가운데에 만들어내는 이런 조그마한 구역들을 알고 있다. 그러나 에두아르는 길을 잃었다. 그는 기계적으로 예전과 같은 길을 계속해서 걸었다. 그러나 베아트리스의 집이 그에게 출입 금지되어 있었기 때문에, 그는 매일 저녁 극장에 좌석 하나를 잡고 앉아 시간을 보냈다. 그는 방심한 귀로 연극의 대사를 흘려들었고, 베아트리스가 나오기만 기다렸다. 베아트리스는 재치 있고 깜찍한 시녀 역할을 연기하고 있었다. 그녀는 2막에 등장했고, 자신의 정부를 찾으러 온 젊은 남자를 향해 시간에 대한 다음과 같은 대사를 읊었다.

"나리, 이 사실을 아셔야 해요. 여자에게 시간은 아주 중요해요. 지나가버린 시간도 때로는 아직 의미가 있죠. 하지만 아직 오지 않은 시간은 전혀 의미가 없답니다."

이유는 알 수 없지만 이 무의미한 대사가 에두아르의 마음을 갈가리 찢어놓았다. 그는 그녀를 기다렸다. 그는 베아트리스가 등장하기 전의 세 마디 대사를 외우고 있었다. 마침내 베아트리스가 등장하여 자신의 대사를 읊으면 그는 눈을 감았다. 그녀를 보고 있노라면 그녀에게 그 모든 사업상의 약속들이 없고, 편두통이 없고, 그녀 어머니 집에서 점심 식사를 하지 않던 시절의 행복했던 시간이 떠올랐다. 그는 감히 '그녀가 나를 사랑했던 시간'이라고는 생각하지 못했다. 그럴 만큼 그는 무의식적으로 자신은 사랑을 주는 사람이고 그녀는 사랑을 받는 사람이라고 느끼고 있었던 것이다. 그는 자신이 가까스로 정립한 다음과 같은 명제에서 쓰라린 만족감을 이끌어냈다. '그녀가 더 이상 나를 사랑하지 않는다는 말은 결코 할 수 없을 거야.'

점심 식사 비용을 무척 아꼈음에도 불구하고, 곧 그는 극장의 보조석 티켓을 살 능력조차 없어졌다. 베아트리스와의 만남은 드물어진 것 이상이었다. 그러나 그는 감히 아무 말도 하지 못했다. 그는 두려웠다. 하지만 그는 속마음을 감출 줄 몰랐기 때문에, 그녀를 슬쩍 지나치는 척하며 얼굴을 보는 일이 열렬한 무언의 질문이 되어버렸고, 그 질문은 베아트리스의 신경을 심하게 건드렸다. 설상가상으로 베아트리스는 졸리오의 다음번 연극에서 하게 될 역할 하나를 연습하고 있었고, 그것을 핑계로 에두아르의 얼굴을 전혀 보지 않았다. 마찬가지로 졸리오의 얼굴도 보지 못하고 있었다. 그 사실을 알아둘 필요가 있다. 베아트리스는 역할을, 진짜 역할을 맡게 되었고, 그녀 방의 거울이 그녀의 가장 좋은 친구가 되었다. 그녀는 에두아르의 기다란 육체를, 밤색 머리칼에 둘러싸인 젊은 남자의 목덜미를 더 이상 떠올리지 않았다. 19세기 드라마의 정열적인 여주인공만이 그녀의 머릿속을 차지하고 있었다.

에두아르는 괴로운 심정과 베아트리스의 육체에 대한 욕망을 잊기 위해 파리의 거리를 이리저리 걸어다니기 시작했다. 그는 하루에 10~15킬로미터씩 걸었다. 지나가는 여자들의 눈에 그의 얼굴은 홀쭉하게 야위고, 멍하고, 뭔가에 굶주린 것처럼 보였다. 만약 그가 그 여자들에게 주의를 기울였다면 수많은 연애사건이 일어났을지도 모른다. 그러나 그는 그 여자들에게 눈길을 주지 않았다. 그는 이해하려고 노력했다. 자신에게 일어나고 있는 일을, 자신이 베아트리스를 욕되게 할 수도 있었다는 사실을 이해하려고 노력했다. 그는 오히려 자신이 그녀에게 과분한 사람이고 현재의 상황이 용서될 수 없는 일이라는 것을 알지 못했다. 어느 날 밤 그는 몹시 괴로워하던 끝에, 이틀 전부터 아무것도 먹지 못하고 있는 상태에서 말리그라스 부부의 집 문 앞에 다다랐다. 그는 안으로 들어갔다. 그의 삼촌은 소파에 앉아 공연 관련 잡지를 뒤적이고 있었다. 그것을 보고 에두아르는 깜짝 놀랐다. 왜냐하면 알랭은 평소에 『NRF』(Nouvelle Revue Française, 신 프랑스 평론의 약칭. 20세기 프랑스의 대표적 월간 문학잡지로, 소설과 평론에 중점을 두었고 해외문학의 소개에도 힘썼다ー옮긴이) 같은 잡지를 즐겨 읽었기 때문이다. 그들 두 사람 모두 꽤 초췌해 있었다. 두 사람은 서로의 모습을 보고, 같은 이유 때문에 그렇다는 것도 모른 채 놀란 눈길을 교환했다. 파니가 들어와서 에두아르에게 키스하고는 그의 안색이 나쁜 것에 대해 걱정했다. 그녀는 반대로 더 젊어지고 기분도 유쾌한 상태였다. 그녀는 알랭이 앓고 있는 마음의 병을 무시하기로, 대신 미용실에 자주 가기로, 남편에게 좋은 집 안 분위기를 제공하기로 마음먹었던 것이다. 그것이 바람난 남편을 둔 여자들에게 여성잡지들이 권하는 해결책이라는 것을 잘 알고 있었다. 이런 일에 지성 같은 것은 아무짝에도 쓸모없었다. 그녀는 주저하지 않았다. 최초의 분노가 가라앉자, 오직 행복만을, 최소한 알랭의 평화를 원하게 되었던 것이다.

파니가 말했다.

"에두아르, 당신 피곤해 보이네요. 보험 일 때문인가요? 당신 자신을 좀더 돌봐야 해요."

"저 배가 몹시 고파요."

에두아르가 말했다.

파니는 그 말에 웃음을 터뜨렸다.

"날 따라서 주방으로 와요. 돼지고기 햄과 치즈가 좀 남아 있어요."

그들이 주방으로 가려고 할 때 알랭의 목소리가 그들을 불러세웠다. 너무나 색깔 없는 목소리여서 마치 노래하는 듯 느껴졌다.

"에두아르, 『오페라』지에 난 베아트리스의 이 사진 봤어?"

그 말에 에두아르는 펄쩍 뛰어오르더니 삼촌의 어깨 위로 몸을 숙였다. 야회복을 입고 있는 베아트리스의 사진이었다. '젊은 여배우 베아트리스 B가 아테나 극장에서 Y의 연극 여주인공 역할을 연습하고 있다.' 파니는 잡지 가까이로 당겨진 남편과 조카의 등을 잠시 바라보다가 다시 발걸음을 돌렸다. 그녀는 주방의 조그만 거울에 자신의 모습을 비춰보고는 높은 목소리로 중얼거렸다.

"신경질 나네. 이상하게 신경질이 나."

이윽고 알랭이 말했다.

"나, 나가."

"오늘 밤에 돌아와요?"

파니가 부드러운 목소리로 물었다.

"모르겠어."

알랭은 그녀를 더 이상 쳐다보지 않았다. 요즘 그는 마들렌 구역에 있는 바의 여자와 함께 술을 마시며 밤 시간을 보내고 있었다. 그리고 대개는 그 여자를 건드리지는 않은 채 그 여자의 방에서 밤을 마감했다. 그 여자는 그에게 자기 손님들에 대해 이야기했고, 그는 그 여자의 말을 끊지 않고 들었다. 그녀는 생 라자르 역 근처에 방을 하나 갖고 있었는데, 그 방엔 가로등 쪽으로

148

창이 나 있었고, 그 창을 통해 들어온 가로등 불빛이 천장에 줄무
늬를 아로새겼다. 술을 많이 마셨을 때 알랭은 곧바로 잠에 곯아
떨어졌다. 그는 졸리오가 그를 잘 돌봐달라며 그 여자에게 돈을
준 것을 모르고 있었고, 그녀의 선의를 자신이 너무나 온화하고
고상해서 그녀가 호의를 느꼈기 때문이라고 생각했다. 그는 파
니에 대해 생각하는 것을 스스로 금했고, 파니의 기분이 좋아서
막연하게나마 안심하고 있었다.

"오랫동안 먹지를 못했군요?"

게걸스럽게 음식을 먹는 에두아르를 애정 어린 눈길로 바라
보며 파니가 말했다. 에두아르는 그녀를 향해 눈을 들었고, 그녀
의 눈길에 담긴 따뜻함을 보고 감사의 마음이 솟구치는 것을 느
꼈다. 그는 정신적으로 조금 무너졌다. 그동안 그는 너무나 외
로웠고, 너무나 불행했다. 그리고 파니는 너무나 친절했다. 그
는 목구멍을 틀어막고 있는 뭔가를 삼켜버리기 위해 맥주 한 잔
을 급히 들이켰다.

"이틀 동안요."

그가 말했다.

"돈이 없어요?"

그가 고개를 떨구었고, 그러자 파니가 화를 냈다.

"당신은 바보예요, 에두아르. 이 집이 당신에게 늘 열려 있다는 걸 당신도 잘 알잖아요. 오고 싶으면 아무 때나 와요. 기절하기 직전까지 버티지 말고요. 그건 우스운 짓이에요."

"그래요, 난 우스운 사람이에요. 그 정도밖에 안 돼요."

에두아르가 말했다.

맥주가 그를 조금 취하게 했다. 처음으로 그는 자신의 성가신 사랑으로부터 벗어나는 것에 대해 생각해보았다. 삶에는 다른 것도 있었다. 그는 그렇다고 자기 자신을 납득시키려 애썼다. 삶에는 우정, 호의, 그리고 특히 파니 같은 사람들의 이해심이 있었다. 삼촌이 지혜롭게도 아내로 삼은 이 훌륭한 여자 말이다. 그들은 거실에서 시간을 보냈다. 파니는 뜨개질감을 집어들었다. 한 달 전부터 그녀는 뜨개질을 하고 있었다. 뜨개질은 불행한 여자들이 의지할 수 있는 커다란 방책 중 하나다. 에두아르는 파니의 발치에 앉았다. 그들은 벽난로에 불을 지폈다. 그리고 두 사람 다 기분이 한결 나아졌다.

얼마 후 파니가 말했다.

"문제가 뭔지 내게 이야기해봐요."

파니는 그가 베아트리스에 대해 이야기할 거라고 생각했다. 그녀는 베아트리스에 대해 호기심을 느끼게 되었다. 그녀는 늘 베아트리스가 아름답고, 퍽 생기 있고, 조금 바보 같다고 생각했었다. 아마도 에두아르는 그녀에게 베아트리스의 매력에 대해 설명하지 않을까? 그녀는 알랭이 아직도 베아트리스를 따라다니고 있지 않을까 하는 두려움을 느끼고 있었다. 그러나 그저 상상일 뿐이었다.

"숙모님도 아시죠. 우리가…… 그러니까 베아트리스와 제가……."

에두아르는 머리가 멍해졌다. 파니가 공모의 미소를 지었다. 그는 얼굴이 붉어졌고, 동시에 애절한 회한이 그의 마음을 찢어 놓는 듯했다. 사실, 그가 베아트리스의 행복한 연인이라는 것을 모든 사람이 알고 있었다. 하지만 이젠 더 이상 그렇지 않았다. 그가 띄엄띄엄 자신의 이야기를 하기 시작했다. 상황을 설명해 나감에 따라, 자신의 불행의 원인을 스스로 이해하게 됨에 따라, 그의 불행이 그의 앞에 좀더 명확하게 모습을 드러냈고, 그는 자신을 덮치는 일종의 경련에 몸을 떨며 파니의 무릎 위에 머리를 얹은 채 이야기를 끝냈다. 파니가 그의 머리칼을 어루만지며 연민 어린 목소리로 "내 가여운 아기."라고 말했다. 그가 머리를 들자 그녀는 조금 실망했다. 그의 머리칼의 부드러운 감촉이 좋았기 때문이다.

"죄송해요. 전 너무나 오랫동안 외로웠거든요……."

에두아르가 부끄러워하는 목소리로 말했다.

"그게 뭔지 나도 알아요."

파니가 별다른 생각 없이 대답했다.

에두아르가 다시 입을 열었다.

"삼촌 말이에요……."

하지만 갑자기 알랭의 이상했던 태도와 조금 아까 그가 사라져버린 사실이 떠올랐고 에두아르는 말을 멈췄다. 파니는 지금 그를 믿고 있었다. 파니가 남편의 광기에 대해 에두아르에게 이야기했다. 에두아르가 경악하는 모습을 보고 그녀는 그가 아무것도 모르고 있다는 것을 감지했다. 요컨대, 퍽이나 무례한 경악이었다. 자신의 삼촌이 베아트리스를 사랑하고 갈망할 수 있다는 생각은 에두아르를 망연자실하게 만들었다. 그러나 그는 이내 정신을 차리고 파니의 슬픔을 헤아렸고, 그녀의 손을 꼭 붙잡았다. 그는 무릎을 꿇은 채 긴 의자에 앉아 있었고, 슬픔으로 인해 기진맥진했다. 그가 앞으로 다가가 파니의 어깨 위에 머리를 얹었고, 파니는 손에 들고 있던 뜨개질감을 내려놓았다.

그는 조금 잠을 잤다. 파니는 그가 잠을 푹 잘 수 있도록 불을 껐다. 그녀는 가까스로 숨을 쉬며 움직이지 않고 가만히 있었다. 젊은 남자의 숨결이 그녀의 목을 규칙적으로 스쳤다. 그녀는 조금 동요했고, 생각을 하지 않으려고 노력했다.

한 시간 뒤, 에두아르가 잠에서 깨어났다. 그는 어둠 속에서 여자의 어깨에 몸을 기대고 있었다. 잠에서 깬 뒤 그가 한 최초의 행동은 남자의 행동이었고, 파니는 그를 꼭 끌어안았다. 이윽고 행동이 연속적으로 이어졌다. 에두아르는 새벽에 눈을 떴다. 그는 낯선 침대에 누워 있었고, 그의 눈과 같은 높이에, 침대 시트 위에 반지 몇 개가 끼워진 여자의 늙은 손 하나가 아무렇게나 놓여 있었다. 그는 다시 눈을 감았고, 조금 있다가 일어나서 그곳을 떠났다. 파니는 자는 척하고 있었다.

조제는 다음 날이 되자마자 베르나르에게 전화를 했다. 그리고 그에게 이야기할 것이 있다고 했고, 그는 곧바로 그 말의 뜻을 알아챘다. 하기야 그는 늘 알고 있었다. 그녀 특유의 고요함 앞에서 그것을 감지할 수 있었다. 그는 그녀가 필요했다. 그는 그녀를 사랑했다. 하지만 그녀는 그를 사랑하지 않았다. 이 세 개의 명제는 일련의 고통과 무력함을 내포하고 있었다. 그가 거기서 벗어나려면 오랜 시간이 필요할 터였다. 푸아티에에서 보낸 사흘은 올해가 허락한 유일한 선물이 될 것이고, 행복의 힘으로 그가 한 사람의 남자가 되었던 유일한 순간이 될 것이다. 왜냐하면 불행은 아무것도 가르쳐주지 않고, 고통을 참아내기만 하는 사람은 추할 뿐이니까.

비가 더욱 아름답게 내렸지만, 사람들은 아직 봄은 아니라고 말했다. 베르나르는 마지막으로 조제를 만나기 위해 길을 걸었고, 약속 장소에 도착하여 자신을 기다리고 있는 그녀와 맞닥뜨렸다. 그리고 모든 것이 그가 예상하던 장면대로 전개되었다.

그들은 벤치에 앉았다. 비가 그치지 않고 내렸고, 그들은 피로감으로 죽을 지경이었다. 그녀가 자신은 그를 사랑하지 않는다고 말했고, 그는 상관없다고 대답했다. 그들이 나누는 초라한 대화가 그들의 눈에 눈물이 차오르게 했다. 콩코르드 광장의 그 벤치와 자동차들의 끊임없는 물결만이 그 장소를 지배하고 있었다. 도시의 불빛들이 어린 시절의 기억들처럼 잔인해졌다. 그들은 두 손을 서로 붙잡고 있었다. 그가 고통에 흠뻑 젖은 얼굴을 빗물에 흠뻑 젖은 조제의 얼굴을 향해 숙였다. 그리고 그들은 열정적인 연인들의 입맞춤을 교환했다. 그들은 잘못 만들어진 인생의 두 예였다. 그러나 그 사실은 그들에게는 별 상관이 없었다. 그들은 서로를 퍽 좋아하고 있었다. 베르나르가 불을 붙이려다가 실패한, 빗물에 젖은 담배는 그들 삶의 이미지를 그대로 보여주었다.

그들은 정말로 행복한 것이 무엇인지 결코 알지 못할 것이고, 그들은 그 사실을 이미 알고 있었다. 그리고 그것이 아무 상관 없다는 것도 아련하게 알고 있었다. 아무 상관 없었다.

파니와 함께 밤을 보내고 일주일 뒤, 에두아르는 양복점에서 돈을 지불하라는 독촉장을 받았다. 그는 남아 있는 마지막 몇 푼을 파니에게 꽃을 보내느라 다 써버린 상태였다. 그는 알지 못했지만, 파니는 그 사실에 대해 눈물을 조금 흘렸다. 이제 그를 도와줄 수 있는 사람은 단 한 사람뿐이었다. 그리고 그는 이미 그 사람에게 도움을 청한 적이 있었다. 그건 다름 아닌 조제였다. 어느 토요일 아침, 에두아르는 조제의 집에 들렀다. 그녀는 집에 없었고, 대신 자크가 그녀의 집에서 의학 서적을 읽고 있었다. 자크는 에두아르에게 조제가 점심을 먹으러 집에 들를 거라고 말하고는 다시 공부를 시작했다.

에두아르는 기다려야 한다는 생각에 절망한 채 거실 안을 한 바퀴 둘러보았다. 가까스로 그러모은 용기가 어디론가 날아가 버리고 있었다. 그는 벌써 자신이 방문한 것에 대한 그럴듯한 가짜 이유를 머릿속으로 찾고 있었다. 자크가 다시 그에게 관심을 돌리며 모호한 시선을 던지더니, 골루아즈(프랑스에서 대중적으로 팔리는 담배 이름-옮긴이) 한 개비를 권하며 그의 맞은편에 앉았다.

마침내 자크가 말했다.

"당신 별로 즐거운 표정이 아니네요."

에두아르는 고개를 끄덕였고, 자크는 그런 그를 연민 어린 눈빛으로 바라보았다.

"내가 관여할 일은 아니지만, 당신처럼 재미없는 표정을 하고 있는 사람은 별로 본 적이 없는 것 같아요."

그 순간 누가 그들의 모습을 봤다면 에두아르가 경탄에서 우러나오는 휘파람이라도 불지 않을까 하고 느꼈을 것이다. 에두아르가 자크에게 미소를 지었다. 자크는 그에게 호의적이었다.

자크는 극장의 젊은 조무래기 녀석들과도, 졸리오와도 닮지 않은 남자였다. 에두아르는 다시 소년이 된 듯한 기분을 느꼈다.

에두아르가 짧게 대답했다.

"여자 문제예요."

"가여운 친구!"

자크가 말했다.

두 사람 모두 각자 추억들을 떠올리며 긴 침묵에 빠져들었다.

잠시 후 자크가 헛기침을 하며 입을 열었다.

"혹시 상대가 조제인가요?"

에두아르가 아니라는 뜻으로 고개를 저었다. 이윽고 그는 자크에게 특별한 인상을 주고 싶은 마음이 들었다.

"아니에요, 어느 여배우예요."

"나는 모르는 사람이군요."

자크가 덧붙였다.

"그렇다면 분명 쉬운 상대는 아니겠네요."

"아! 맞아요."

에두아르가 대답했다.

"우리 한잔할까요?"

자크가 물었다.

그는 자리에서 일어나 옆을 지나가면서 조금 세긴 하지만 우정이 담긴 몸짓으로 에두아르의 어깨를 두드렸다. 그리고 보르도 포도주 한 병을 들고 다시 돌아왔다. 조제가 점심을 먹으러집에 들렀을 때, 두 남자는 무척 기분이 좋아진 상태에서 거리낌없는 목소리로 서로 반말을 하며 여자들에 대해 이야기를 나누고 있었다.

"안녕, 에두아르. 당신 안색이 좋지 않네요."

조제는 에두아르를 꽤 좋아했다. 무장해제된 그의 이런 표정을 보면 마음이 절로 움직였다.

"베아트리스는 어떻게 지내요?"

자크가 조제에게 커다란 몸짓으로 입 다물라는 신호를 보냈고 에두아르도 그것을 알아차렸다. 세 사람은 서로 얼굴을 마주보았고, 조제는 웃음을 터뜨렸다.

"잘 안 되고 있는 것 아닌가 하고 나도 느끼고 있었어요. 우리셋이서 함께 점심 먹을래요?"

그들은 숲에서 산책을 하고 베아트리스에 대해 이야기하며함께 오후 시간을 보냈다. 에두아르와 조제는 팔짱을 끼고 이 길에서 저 길로 걸어다녔고, 자크는 덤불 속을 돌아다니며 숲의 남자처럼 솔방울들을 주워 던졌다. 그러면서 때때로 베아트리스는 볼기짝을 맞아 마땅하다고, 요점은 바로 그거라고 말했다. 조제가 웃었고, 에두아르는 조금 위로를 받았다. 마침내 에두아르는 조제에게 돈이 필요하다고 고백했고, 조제는 그에게 걱정하지 말라고 대답했다.

"지금 내게 특히 필요한 게 바로 이것 같아요. 친구들요."

에두아르가 얼굴을 붉히며 말했다.

그러자 자크는 그에게 다가가 그거라면 이미 이루어졌다고 말했고, 조제는 한 술 더 떴다. 그때부터 그들은 함께 밤 시간을 보내게 되었다. 그들은 서로 우정을 느꼈고, 자신들이 젊고 행복하다고 생각했다.

그러나 조제와 자크의 존재가 에두아르에게 날마다 용기를 불어넣어 주었다면, 베아트리스는 다른 방식으로 그를 절망에 빠뜨렸다. 조제와 자크는 에두아르가 그들에게 말한 베아트리스와의 최근 관계에 대한 이야기로 미루어 에두아르의 사랑이 이미 끝장났다고 진단했다. 그러나 정작 에두아르 본인은 그렇다고 확신하지 못했다. 아직도 에두아르는 두 차례의 연극 연습

시간 사이에 베아트리스를 만났고, 베아트리스는 그날의 기분에 따라 그에게 상냥하게 키스를 하기도 하고, 그를 '귀여운 사람'이라고 부르기도 했다. 혹은 그를 쳐다보지도 않거나 귀찮아하는 듯 보일 때도 있었다. 꽤나 거짓된 것으로 보이는, 겉으로 드러나는 이런 표현에도 불구하고, 그는 순결한 마음을 갖고 베아트리스를 대했다.

어느 날 그는 극장 앞에 있는 카페에서 베아트리스를 다시 만났다. 그녀는 어느 때보다 아름다웠다. 그녀는 그가 너무나 좋아하는 비극적이고 고귀한 얼굴을 하고 있었고, 피로하고 창백해 보였다. 그날은 베아트리스가 꽤 긴장이 풀린 날이었고, 에두아르는 '그래요, 난 당신을 사랑해요.'라는 대답을 한 번 더 들을 수 있기를 바랐다. 그가 그녀에게 물었다.

"연극은 잘돼가요?"

"응, 여름 내내 연습만 해야 할 것 같아."

그녀가 대답했다.

그녀는 서둘러 자리를 뜨려 했다. 졸리오가 연극 연습을 보러 올 터였다. 그녀는 졸리오가 자기를 사랑하는지, 아니면 자기의 육체를 원하는 것인지, 그것도 아니면 그저 한 사람의 여배우로

여길 뿐인지 알지 못했다.

"당신에게 말해야 할 게 있어요."

에두아르가 말했다. 그리고 고개를 숙였다.

그녀가 즐겨 쓰다듬던, 너무나 고운 그의 머리칼이 그녀의 시야에 들어왔다. 그러나 그는 이제 그녀에게 완전한 무관심의 대상이 되어버렸다.

"난 당신을 사랑해요. 물론 난 당신이 나를 사랑하지 않는다고, 혹은 사랑하지 않게 되었다고 생각해요."

에두아르가 그녀를 쳐다보지 않고 말했다.

그는 자신이 여전히 의심하고 있는 이 지점에 그녀가 자신을 붙들어매놓기를 간절히 바랐다. 그 밤들, 그 한숨들, 그 웃음들이 아직도 가능할까……? 하지만 그녀는 대답하지 않았다. 그의 머리 너머로 알 수 없는 시선을 던질 뿐이었다.

"대답해줘요."

마침내 그가 말했다.

그건 지속될 수 없었다. 그녀는 그렇게 말할 것이다! 에두아르는 괴로웠고 기계적인 몸짓으로 테이블 밑에서 두 손을 비틀었다. 그녀는 꿈에서 이미 빠져나온 듯 보였다. 한편, 베아트리스

는 속으로 생각했다. '정말 난처하네!'

베아트리스가 입을 열었다.

"에두아르, 당신이 알아야 할 게 있어. 난 당신을 참 좋아하지만, 더 이상 사랑하지는 않아. 하지만 그동안 당신을 많이 사랑했어." .

그녀는 '많이'라는 단어에 담긴 중요성을 스스로 강요했다. 에두아르가 고개를 들고 말했다.

"난 그 말을 믿지 않아요."

그들은 서로의 눈을 바라보았다. 이렇게 눈을 바라보는 건 그들에게 자주 일어난 일이 아니었다. 그녀는 그에게 이렇게 외치고 싶었다. '그래, 아니야. 난 당신을 한 번도 사랑한 적이 없어. 그게 뭐 어때서? 내가 왜 당신을 사랑하겠어? 그리고 왜 누군가를 사랑해야 하는데? 당신은 내가 할 일이 그것밖에 없다고 생각해?' 그녀는 조명이 비치는 창백한 혹은 어두운 연극 무대를 생각했다. 그러자 마음에서 솟아오르는 행복감이 그녀를 감싸안았다.

"좋아, 내 말을 믿지 마. 하지만 난 어떤 일이 있어도 늘 당신의 친구로 남아 있을 거야. 당신은 매력적인 사람이야, 에두아르."

그녀가 말했다.

에두아르가 낮은 목소리로 그녀의 말을 끊었다.

"하지만 밤에는……."

"'밤'이라는 게 무슨 뜻이야? 당신 혹시……."

그녀가 하던 말을 중단했다. 에두아르가 이미 자리를 떠버렸던 것이다. 에두아르는 미친 사람처럼 거리를 헤매다녔다. 그는 "베아트리스, 베아트리스." 하고 중얼거렸고, 벽에 몸을 마구 짓찧고 싶어했다. 그는 그녀를 증오했고, 그녀를 사랑했다. 그들이 보낸 첫날밤의 추억이 떠올라 발걸음이 자꾸만 비틀거렸다. 그는 오랫동안 걸었고, 조제의 집에 도착했다. 조제가 그를 맞아들여 의자에 앉게 한 뒤 커다란 잔에 술을 가득 따라주고는 아무 말도 하지 않고 가만히 있었다. 그는 소리없이 잠이 들었다. 잠에서 깨어나보니 자크가 와 있었다. 그들은 셋이서 함께 외출했고, 셋 다 몹시 취한 채 조제 집으로 다시 돌아왔다. 그들은 에두아르를 그 집의 손님방에 머물게 했다. 그는 여름까지 거기에 머물렀다. 그는 여전히 베아트리스를 사랑했고, 자신의 삼촌처럼 신문을 볼 때 공연란부터 읽었다.

파리에 소리없이 여름이 왔다. 각자 자신의 열정 혹은 습관의

은밀한 흐름을 따라갔고, 6월의 강렬한 태양은 그들이 열중해 있던 어리석은 밤의 행위로부터 머리를 들게 했다. 떠나야 했고, 지난겨울의 결과 혹은 의미를 발견해야 했다. 바캉스가 가까워 오는 가운데 각자 자유와 고독을 느끼고 있었고, 누구와 함께, 어떻게 그것을 맞이할 것인지 자문하고 있었다. 오직 베아트리스만이 연극 연습 때문에, 불평을 조금 하면서, 이 문제에서 벗어나 있었다. 알랭 말리그라스로 말하자면, 여전히 술을 많이 마시고 있었는데, 그가 혼란스러워하는 이유는 오로지 하나 베아트리스뿐이었다. "난 내 마음에 드는 직업, 매력적인 아내, 유쾌한 삶을 갖고 있어. 그게 뭐 어때서?" 그는 이렇게 말하는 것이 버릇이 되어버렸다. 사람들은 "그게 뭐 어때서?"라는 말에 뭐라고 대답해야 할지 알 수 없어했다. 졸리오가 알랭에게 그런 말을 하고 다니기에는 조금 늦었다고 넌지시 알려주었다. 물론 술을 퍼마시기에 너무 늦은 것은 아니었다.

알랭 말리그라스는 이렇게 자신의 혼란스러운 마음과 그것을 치료할 방법들을 찾아가고 있었다. 그러나 그것은 젊은 사람들이 자주 사용하는 방법이었다. 여자와 술. 거기에는 문학에 대한 열정이 그렇듯 커다랗고 철 이른 열정들에 대한 권태가 존재한다. 그 열정들은 좀더 사소한 것, 그러나 때늦게 오기 때문에 좀더 생명력이 강하고 위험한 것들로 늘 우리를 데려간다. 어쨌든 알랭은 드디어 휴식을 발견하기라도 한 것처럼, 커다란 안락함을 느끼며 그것에 빠져들고 있었다. 그의 생활은 흥분된 밤 시간들로 점철되었다. 그의 여자친구 자클린이 극도로 상냥하게 군 나머지 그에게 질투하는 장면―그를 황홀하게 만드는―과 혼수상태의 낮 시간을 연출했기 때문이다. "나는 보들레르의 이방인과 같아. 나는 구름들을, 장관을 연출하는 구름들을 보고 있어." 그가 자신의 그런 모습에 놀라워하는 베르나르에게 말했다.

베르나르는 알랭이 그 여자를 사랑하고 있는 거라고 이해했다. 그러나 그런 삶을 좋아하는 것은 이해할 수 없었다. 게다가 알랭은 욕망이 가져다주는 막연한 감정을 그 삶 속에 마구 뒤섞고 있었다. 물론 베르나르 역시 술 마시는 것을 좋아했고 조제를 잊고 싶었다. 그러나 그는 도피는 원치 않았다. 어느 날 오후, 베르나르는 한 가지 실질적인 문제 때문에 파니를 만나러 갔고, 그녀가 많이 야위고 딱딱한 표정으로 있는 것을 보고 깜짝 놀랐다. 두 사람은 자연스럽게 알랭에 대해 이야기를 나누었다. 알랭의 알코올 중독 증세는 이제 비밀이 아니었기 때문이다. 베르나르는 사무실에서 그의 일을 대신 맡아 하고 있었고, 상황에 일관성이 있다고 보기에는 베르나르가 느끼는 놀라움이 너무 컸다.

"내가 뭘 할 수 있을까요?"

베르나르가 파니에게 물었다.

"아무것도요. 그에게는 내가 몰랐고, 틀림없이 그 자신도 몰랐을 어떤 측면이 존재했던 거예요. 두 존재가 그 정도로 서로에 대해 모른 채 이십 년을 함께 살아온 거죠……."

파니가 조용히 대답했다.

그녀가 슬픔 때문에 얼굴을 조금 찡그렸고, 그 모습을 본 베르나르는 당황했다. 그는 파니의 손을 잡았고, 파니가 재빨리 손을 피한 것과 파니의 얼굴이 붉어진 것에 깜짝 놀랐다.

베르나르가 말했다.

"알랭은 위기를 겪고 있어요. 그렇게 심각한 것은 아니지만……."

"모든 게 베아트리스와 함께 시작됐죠. 그녀가 그를, 자신의 삶이 공허하다고 느끼게 만들었어요…… 네, 그래요. 난 알아요. 나는 좋은 동반자일 뿐이죠."

파니가 무기력하게 중얼거렸다.

166

베르나르는 알랭이 자신의 새로운 생활에 대해 해준 열정적인 이야기를 떠올렸다. 그 자세한 사항들, 마들렌 구역에 있는 바에서 일어나는 그 비참한 장면들에 그가 갖다붙인 의미에 대해. 베르나르는 파니의 손에 입을 맞춘 뒤 자리를 떴다. 계단에서 그는 파니를 만나러 온 에두아르와 마주쳤다. 파니와 에두아르는 그들이 함께 보낸 밤에 대해 결코 다시 이야기하지 않고 있었다. 파니는 아무 의미도 담지 않은 목소리로 에두아르가 그 다음 날 자신에게 보내온 꽃에 대해 고마움을 표하기만 했다. 에두아르는 파니의 발치에 앉았고, 그들은 문을 겸한 창문을 통해 파리에 내리쬐는 6월의 강렬한 햇빛을 바라보았다. 그들은 삶에 대해, 시골에 대해 긴장을 풀고 정답게 이야기했고, 그것은 파니에게 세상의 끝에 대한 새로운 인상을 조금 강조해주었다.

에두아르는 그녀의 발치에서 고통을 달랬다. 고통은 혼란이 되었고, 파니가 자기 곁에서 사흘을 꼬박 보내도록 그를 도로 데려올 만큼 강렬한 답답함으로 변했다. 마치 자신이 파니에게 나쁜 짓을 한 게 아님을 확인하고 싶기라도 한 듯이. 그런 다음 에두아르는 안도감과 일종의 즐거움을 느끼며 조제의 아파트를 다시 찾았다. 거기서 자크를 만났다. 자크는 막 치른 시험 걱정에 제정신이 아니었고, 조제는 지도 위에 몸을 숙이고 있었다. 6월 말에 그들 셋이서 스웨덴으로 여행을 가기로 했기 때문이었다.

*

그들은 예정된 날짜에 출발했다. 한편 말리그라스 부부는 시골에 와서 한 달 동안 지내라고 친구들에게 초대를 받았다. 알랭은 거기서도 술병만 찾으며 시간을 보냈다. 오직 베르나르만 소설을 쓰면서 여름 내내 파리에 있었다. 니콜은 부모님 집에 쉬러 가 있었다. 베아트리스는 연극 연습을 잠시 중단하고 지중해 변으로 어머니를 만나러 갔고, 거기서 어머니와 다툼을 벌였다. 베르나르의 지칠 줄 모르는 발소리가 텅 빈 파리에 메아리쳤다. 그가 마지막으로 조제에게 키스했던 곳이 저 벤치 위였다. 그 끔찍했던 밤, 그녀에게 전화를 걸었던 곳이 바로 저 카페였다. 그때 그녀는 혼자가 아니었다. 파리로 돌아오던 날 밤, 그가 행복감에 취하여 걸음을 멈췄던 곳이 바로 저곳이었다. 그때 그는 마침내 뭔가를 손에 쥐었다고 믿었는데…… 그는 햇빛이 들어오는 먼지투성이의 서재에서 많은 책을 읽었다. 그의 강박관념이 고요한 순간들과 이상한 방식으로 뒤섞였다. 그는 회한 그리고 벌써 추억이 되어버린 그 회한의 그림자를 느끼며 반짝이는 다리들을 향해 걸어갔다. 빛나는 파리에서 비가 많이 내리는 푸아티에가 불쑥불쑥 모습을 드러냈다. 그리고 9월이 되자 다른 사람들이 다시 돌아왔다. 어느 날 베르나르는 자동차 운전석에 앉아 있는 조제와 맞닥뜨렸다. 조제가 그와 이야기를 하기 위해 보도 옆에 차를 세웠다. 베르나르는 조수석 차창에 팔꿈치를 괴고 섰다. 그는 검은 머리채에 감싸인, 갸름하고 햇볕에 그을린 그녀의 얼굴을 바라보았다. 그리고 정말이지 어이가 없다고 생각했다.

그랬다. 여행은 좋았고, 스웨덴은 아름다웠다. 그러나 에두아르가 그들 사이를 단절시켰다. 하지만 그런 건 아무것도 아니었다. 왜냐하면 자크가……. 그녀가 차를 완전히 세웠다. 베르나르가 분노의 감정을 억누르지 못하고 말했다.

"이런 말을 하면 무례하다고 느낄지도 모르겠군요. 하지만 난 이런 평온한 행복은 당신에게 어울리지 않는다고 생각합니다."

조제는 아무 대답도 하지 않고 슬픈 표정으로 베르나르에게 미소를 지었다.

"날 용서해요, 베르나르. 하지만 평온한 것이든 그렇지 않든,

행복에 대해 이야기하기엔 지금 내 입장이 좋지 않네요. 그리고 난 잊지 않고 있어요. 올해의 내 유일한 행복이 당신 덕택이었다는 걸……."

조제가 베르나르의 손 위에 자기 손을 얹었다. 그들의 손은 같은 형태를 하고 있었다. 다만 베르나르의 손이 좀더 클 뿐이었다. 아무 말도 하지 않았지만 두 사람 다 그 사실에 주목하고 있었다. 조제는 차를 다시 출발시켰고, 베르나르는 자기 집으로 돌아갔다. 니콜은 베르나르가 자신의 슬픔에서 끌어낸 상냥함과 고요함 덕분에 행복한 상태였다. 언제나 그런 식이었다.

*

"베아트리스, 당신 차례요."

베아트리스는 어둠 속에서 나와 무대의 스포트라이트 존에 다다른 다음, 한쪽 팔을 뻗었다. 졸리오는 불현듯 생각했다. '베아트리스가 저렇게 공허한 건 놀라운 일이 아니야…… 그녀는 매일매일 채워야 하는 이 장소 전체를, 이 침묵 전체를 소유하고 있어. 우리는 그녀에게 그 이상의 것을 요구할 수 없어…….'

"자, 말해보세요…… 저 여자 요령 있게 잘하고 있는데요."

졸리오 옆에 서 있던 신문기자가 베아트리스에게 눈을 고정한 채 말했다. 막바지 연습이 한창이었고, 졸리오는 이미 알고 있었다. 베아트리스는 올해의 주목받는 샛별이 될 것이고, 더 나아가 훌륭한 여배우가 될 거라는 사실을.

"제게 그녀에 대한 정보를 좀 주시죠."

"베아트리스가 자네에게 직접 줄 거네, 친구. 난 이 극장의 지배인일 뿐이야."

신문기자가 빙그레 웃었다. 파리 전체가 그들의 관계를 알고 있었으며, 졸리오는 그녀를 도처에 데리고 다녔다. 그러나 졸리오는 드라마틱한 것을 좋아하는 기호 때문에, 베아트리스 쪽에서 연인을 한 명 갖고 있는 편이 건전하다고 생각하는데도, 그들의 관계를 '공식화' 하지 않고 시연회 때까지 기다렸다. 그나마 그가 그 정도 선에서 타협하지 않았다면 베아트리스는 그를 죽도록 원망했을 것이다.

"당신은 그녀를 어떻게 알게 됐습니까?"

"그녀가 자네에게 직접 이야기해줄 거네. 그녀는 이야기를 잘하지."

사실 베아트리스는 언론과의 관계에 뛰어났다. 그녀는 '무대에 서는 여자' 다운 애교와 거만함을 적절히 섞은 태도로 기자들의 질문에 대답했다. 다행스럽게도 그녀는 아직은 그렇게 많이 알려지지 않았고, 영화를 찍지도 않았으며, 스캔들도 없었다.

그녀가 미소를 띤 채 그들 쪽으로 다가왔다. 졸리오는 그들을 서로 소개시켜주었다.

"이제 좀 쉬어, 베아트리스. 극장의 바에서 기다릴게."

졸리오가 베아트리스에게서 멀어져갔다. 베아트리스는 눈으로 그를 뒤쫓았다. 신문기자가 이미 알고 있는 것을 드러내주는 깊은 눈길이었다. 이윽고 그녀가 신문기자를 향해 몸을 돌렸다.

삼십 분 뒤 그녀는 진 피즈를 마시고 있는 졸리오와 합류했고, 그 분별 있는 선택 앞에서 손뼉을 친 뒤 자신 역시 같은 것을 주문했다. 그녀는 그것을 빨대로 마시면서 이따금 커다란 검은 눈을 들어 졸리오를 바라보았다.

졸리오는 감상적이 되었다. 베아트리스가 연극을 하기 위해, 그녀 자신의 자그마하고 맹렬한 야망을 이루기 위해 그의 말을 얼마나 잘 듣는지! 성공에 대한 그 집착은 존재들의 거대한 서커스 속에서 얼마나 우스꽝스러운 것인지! 졸리오는 마음이 한없이 넓어지는 것을 느꼈다.

'그건 다 허영이야, 귀여운 베아트리스. 요즘 우리가 하고 있는 모든 노력 말이야……'

그는 긴 담론을 시작했다. 그는 그런 것을 무척 좋아했다. 그는 십 분 동안 그녀에게 어떤 것에 대해 설명했고, 그녀는 주의 깊게 그의 말을 들었다. 그런 다음 자신이 제대로 이해했다는 것을 보여주기 위해 그가 한 말을 놀랄 만큼 현명하고 보편적인 짧은 문장으로 요약하여 되뇌었다. '어쨌든 그녀가 요약을 했다면 내 말이 요약 가능했다는 뜻이지.' 그가 자기 자신의 평범함을 확실히 이해할 때 매번 그렇듯, 일종의 맹렬한 쾌락이 그를 휘감았다.

마침내 그녀가 말했다.

"그건 정말이지 사실이에요. 우리는 대단한 존재가 아니죠. 다행히도 우리가 자주 그 사실을 잊어버리지만요. 만약 그렇지 않다면 우리는 아무것도 할 수 없을 거예요."

"바로 그거야. 당신은 완벽해, 베아트리스."

졸리오는 기뻐서 어쩔 줄 몰라했다.

그가 베아트리스의 손에 키스했다. 그녀는 이 틈을 이용해서 궁금했던 것을 알아내기로 결심했다. 그는 그녀를 원하는가? 그는 동성연애자인가? 그녀는 한 남자에 대해 이 두 가지 질문 말고 다른 궁금증은 생각해내지 못했다.

"앙드레, 당신에 관해 거북한 소문이 떠돌고 있다는 것 알아요? 친구로서 해주는 말이에요."

"무엇에 대한 거북한 소문?"

"그게……."

그녀는 목소리를 낮췄다.

"당신의 품행에 대한 거예요."

졸리오는 웃음을 터뜨렸다.

"당신은 그 소문을 믿어? 내 귀여운 베아트리스, 당신을 대체 어떻게 깨우쳐주지?"

졸리오는 그녀를 놀리고 있었고, 그녀는 금세 그 사실을 알아차렸다. 그들은 서로를 뚫어져라 바라보았고, 졸리오는 감정의 폭발을 예고하려는 듯 한 손을 들어올렸다.

"당신은 아주 아름답고 매력 있어. 다음에 그것에 대해 좀 더 길게 이야기할 기회가 있었으면 좋겠군."

그녀는 기품 있는 몸짓으로 테이블 너머로 그에게 한 손을 내밀었고, 그는 익살스러운 몸짓으로 거기에 입을 갖다댔다. 확실히 그는 자신의 직업을 무척 좋아했다.

10

    그리고 마침내 시연회 날 저녁이 되었다. 베아트리스는 자기 대기실에 서 있었다. 그녀는 거울을 통해 수단(繡緞: 수를 놓은 것처럼 짠 비단―옮긴이)으로 만든 옷을 입은 낯선 여자의 모습을 바라보고 있었다. 그녀는 질겁하여 그 여자를 바라보았다. 그녀의 운명을 결정할 사람은 바로 그녀였다. 홀에서 사람들이 웅성거리는 소리가 벌써부터 희미하게 들려왔다. 그러나 그녀는 냉정했다. 그녀는 아직 오지 않은 공포심을 기다리고 있었다. 훌륭한 배우들은 모두 무대에 서기 전에 공포심을 느꼈고, 그녀는 그 사실을 알고 있었다. 그러나 그녀는 꼼짝 않고 서서 자기 역할의 첫 대사를 기계적으로 되뇌며 자신의 모습을 바라보고 있을 뿐이었다.

    "또 그로군요! 내가 그의 자비를 얻은 것으로 충분치 않단 말인가요?……."

아직 아무 일도 일어나지 않고 있었다. 손이 조금 축축해졌고, 부조리한 기분이 들 뿐이었다. 그녀는 오랫동안 투쟁했고, 오랫동안 생각했다. 그녀는 성공해야 했다. 그녀는 침착해야 했다. 그녀는 머리 모양을 다시 매만졌다.

"당신 아주 멋지군!"

졸리오가 담배 연기에 감싸인 채 미소를 지으며 대기실 문을 열었다. 그리고 그녀를 향해 성큼성큼 다가왔다.

"우리가 시연회를 꼭 해야 하는 책임을 맡고 있다는 게 얼마나 안타까운지! 난 지금 당신을 댄스파티에 데려가고 싶은데 말이야."

꼭 해야 하는 책임!…… 열린 대기실 문을 통해 웅성거리는 소리가 들려왔고, 그녀는 불현듯 이해했다. '그들'이 그녀를 기다리고 있었다. 그녀는 자신에게 고정되는 그들의 모든 시선, 무자비하고 말 많은 그 모든 파리 사람들을 대면하러 가야 했다. 그녀는 두려웠다. 그녀는 졸리오의 손을 잡은 뒤, 잡은 손에 힘을 주었다. 졸리오는 이 일의 주모자였다. 그러나 그는 그녀를 무대 위에 홀로 내버려둘 것이다. 그녀는 잠시 그를 증오했다.

"내려가야 해."

그가 말했다.

졸리오는 1막 시작 부분을 이렇게 구상했다. 커튼이 올라가면 그녀가 관객에게 등을 돌린 모습으로 등장한다. 그녀는 피아노에 몸을 기대고 있어야 했고, 자신의 파트너가 두 번째 대사를 할 때에야 관객을 향해 몸을 돌려야 했다. 물론 졸리오는 그 이유를 정확히 알고 있었다. 그 자신은 무대장치 뒤에 있을 것이고, 커튼이 올라갈 때 그녀의 얼굴 표정을 보게 될 터였다. 그 사실이 연극 자체의 성공보다 그의 흥미를 더 많이 끌어당기고 있었다. 본능적인 베아트리스가 어떤 행동을 할 것인가? 그는 그녀를 피아노 앞에 자리잡게 하고 무대장치 뒤로 가서 섰다. 개막을 알리는 신호가 울렸다. 커튼이 미끄러지는 소리가 그녀의 귀에 들렸다. 그녀는 피아노의 건너편 끝을 덮고 있는 덮개의 부자연스러운 주름 부분을 뚫어져라 바라보았다. '그들'이 그녀를 보고 있었다. 그녀는 한 손을 뻗어 그 주름을 정돈했다. 그리고 다음 순간, 마치 그녀가 아닌 다른 누군가가 관객석을 향해 몸을 돌리는 듯했다.

"또 그로군요! 내가 그의 자비를 얻은 것으로 충분치 않단 말인가요?"

이제 되었다. 그녀는 무대를 가로질렀다. 그녀는 자신과 함께 연기한 남자배우가 자신의 불구대천의 원수라는 사실을 잊었다. 왜냐하면 그가 그녀와 마찬가지로 중요한 역할을 맡고 있었기 때문이다. 그녀는 그가 동성연애자라는 사실을 잊었다. 그녀는 그를 사랑할 것이고, 그의 마음에 들 필요가 있었다. 그는 사랑의 얼굴을 지니고 있었다. 그녀는 심지어 자기 오른쪽에서 숨 쉬고 있는 어두운 빛깔의 무리조차 보지 못했다. 그녀는 마침내 진정한 삶을 살고 있었다.

졸리오는 피아노 덮개 장면을 목격했고, 순간 베아트리스가 언젠가 그를 고통스럽게 할 거라는 재빠른 직관을 느꼈다. 1막 끝부분에서 그녀는 박수갈채를 받으며 그가 있는 쪽으로 돌아왔다. 망가지지 않고 무사히, 완전 무장한 채. 그는 미소를 짓지 않을 수 없었다.

그것은 하나의 승리였다. 조제는 너무나 기뻤다. 그녀는 늘 베아트리스에게 흥미로운 호감을 갖고 있었다. 조제가 자기 오른쪽에 앉아 있는 에두아르에게 뭔가 묻는 듯한 눈길을 던졌다. 그러나 그는 특별히 감동받은 것처럼 보이지는 않았다.

"난 확실히 영화가 더 좋아요. 하지만 이것도 나쁘지는 않네요."

자크가 말했다.

조제는 자크에게 미소를 지었다. 자크가 그녀의 손을 잡았고, 공공연한 논증을 싫어하는 조제는 그가 하는 대로 내버려두었다. 그들은 보름 전부터 서로 보지 못했다. 그녀가 모로코에 있는 부모님 집에 가 있어야 했기 때문이다. 자크는 강의가 끝난 오늘 오후에야 친구들 집에서 그녀를 다시 만난 참이었다. 조제는 열린 창문 앞에 앉아 있었다. 날씨가 감미로웠고 그녀는 자크가 입구에 자기 외투를 던진 뒤 거실로 급히 들어오는 모습을 보았다. 그녀는 움직이지 않고 가만히 있었다. 그녀의 입가에 억누를 수 없는 미소가 그려졌다. 자크가 그녀를 보면서 걸음을 멈췄다. 거의 슬픔에 가까운, 그녀와 똑같은 미소를 지으면서. 마침내 그가 그녀에게 다가왔다. 그가 그들 사이에 가로놓인 거리인 세 발자국을 걷는 동안 그녀는 자신이 그를 사랑한다는 것을 깨달았다. 키가 크고, 조금 바보 같고, 화를 잘 내는 그를. 그리고 그가 그녀를 품에 안고 있는 동안, 그녀는 재빨리 손을 그의 머리카락 속에 넣은 채 이런 생각 말고는 다른 어떤 생각도 할 수 없었다. '난 그를 사랑하고, 그는 나를 사랑해. 이건 믿기 힘든 일이야.' 그때부터 그녀는 무한히 조심스럽게 숨을 쉬게 되었다.

"알랭 삼촌은 잠이 들락 말락 하네요."

에두아르가 말했다.

사실 알랭 말리그라스는 석 달 만에 베아트리스를 보기 위해 떨면서 극장에 왔고, 냉담한 심정으로 그 자리에 앉아 있었다. 무대 위에서 대단한 재능을 발휘하고 있는 이 아름다운 낯선 여자는 이제 그와 아무런 상관이 없었다. 그는 커튼이 내려간 뒤에 자신의 단골 바에 갈 생각을 하고 있었다. 게다가 그는 목이 말랐다. 영리하게도 베르나르가 첫 번째 막간에 스카치 한잔 마시자며 그를 데리고 나갔다. 하지만 두 번째 막간에는 꼼짝하지 않으려 했다. 파니는 물론 감정을 드러내지 않을 테지만, 알랭은 그녀가 무슨 생각을 하는지 알고 있었다. 그러는 사이 조명이 다시 꺼졌고, 그는 한숨을 쉬었다.

베아트리스의 연기는 훌륭했다. 그녀도 자신의 연기가 훌륭했다는 것을 알고 있었다. 많은 사람이 그녀에게 그렇게 말해주었던 것이다. 그러나 이러한 확신은 그녀에게 아무런 도움이 되지 못했다. 아마도 내일 그녀는 그런 말을 입으로 중얼거리며, 마침내 올해의 샛별 베아트리스 B가 되었다는 확신을 느끼며 잠에서 깨어나리라. 하지만 오늘 밤은…… 그녀는 자신을 집에 바래다주고 있는 졸리오를 흘긋 바라보았다. 그는 뭔가를 생각하는 표정으로 부드럽게 운전하고 있었다.

그가 물었다.

"당신, 성공에 대해 어떻게 생각해?"

그녀는 대답하지 않았다. 성공, 그것은 시연회 뒤에 이어진 저녁 식사 도중 그녀가 도처에서 맞닥뜨린 호기심 어린 시선들, 아는 사람들이 한 극단적인 찬사들, 그리고 질문들의 연속이었다. 그것은 획득되는 것, 획득되는 어떤 것이었다. 그리고 그녀는 그 증거가 여기저기에 흩어져 있다는 사실에 조금 놀랐다.

마침내 졸리오와 베아트리스가 그녀의 집 앞에 도착했다.

졸리오가 그녀를 위해 자동차 문을 열어주었다. 그녀는 피곤해서 죽을 지경이었지만, 감히 그를 거절하지 못했다. 이 모든 것은 분명 당연한 귀결이었다. 그러나 그녀는 자신의 야망, 유년 시절 이래로 자신에게 어떤 휴식도 부여해주지 않았던 의지, 그 야망과 의지를 완성하는 밤 시간 사이의 관계를 완전히 파악하는 데까지는 이르지 못하고 있었다.

그녀는 자신의 침대에 누운 채 졸리오가 셔츠 바람으로 자기 방 안을 이리저리 걸어다니는 모습을 바라보았다. 그는 연극에 대해 이야기하고 있었다. 연극 한 편을 골라 석 달 동안 무대에서 연습시키고 시연회를 치른 뒤 그 연극에 관해 길게 이야기를 늘어놓는 것은 참으로 그다운 행동이었다.

"목이 몹시 마르군."

마침내 그가 말했다.

베아트리스는 그에게 주방이 어디인지 알려주었다. 그녀는 그가 방에서 나가는 모습을 바라보았다. 그는 어깨가 조금 좁고, 태도는 지나치게 활기찼다. 순간 그녀는 에두아르의 길고 굴곡이 있는 육체를 다시 떠올렸다. 그리고 그 사실을 유감스럽게 여겼다. 그녀는 그가 여기에 있었으면 했다. 누구든 상관없으니 오늘 밤의 성공에 대해 경탄해줄, 혹은 재미있는 익살극에서처럼 그녀와 함께 오늘 밤 일에 대해 이야기하며 깔깔 웃어줄 아주 젊은 남자가 있었으면 했다. 누군가가 이 모든 것에 생명력을 부여해주었으면 했다. 그러나 여기엔 졸리오 그리고 그의 빈정거리는 평가뿐이었다. 그리고 그녀는 그와 함께 오늘 밤을 보내야 했다. 그녀의 두 눈에 눈물이 차올랐고, 갑자기 자신이 연약하고 아주 어리게 느껴졌다. 눈물이 줄줄 흘러내렸다. 그녀는 이 모든 것이 멋지다고 희미한 목소리로 되뇌었다. 졸리오가 돌아왔다. 다행히도 베아트리스는 얼굴을 흉하게 일그러뜨리지 않고 우는 법을 알고 있었다.

한밤중에 그녀는 잠에서 깨어났다. 시연회의 기억이 곧바로 떠올랐다. 그러나 그녀는 자신의 성공에 대해 더 이상 생각하지 않고 있었다. 그녀는 커튼이 올라가던 그 삼 분간에 대해 생각했다. 그때 그녀는 관객석을 향해 몸을 돌렸고, 자신의 몸을 조금 움직임으로써 상당히 중요한 어떤 것을 넘어섰다. 그 삼 분은 이제 매일 밤 그녀에게 속할 터였다. 그녀는 그 삼 분이 그녀의 존재 전체에서 진정한 유일한 순간이 될 것임을, 그리고 그것이 그녀의 운명임을 막연하게 간파하고 있었다. 그녀는 평화롭게 다시 잠이 들었다.

11

다음 월요일, 말리그라스 부부는 봄이 되고 나서 처음으로 평소에 열던 그들의 저녁 모임을 다시 열었다. 베르나르와 니콜, 당당하면서도 겸손한 태도를 하고 있는 베아트리스, 에두아르, 자크, 조제 등이 참석했다. 무척 즐거운 저녁이었다. 알랭 말리그라스는 조금 비틀거렸지만, 아무도 그것에 주의를 기울이지 않았다.

한순간 베르나르가 조제 옆에 있게 되었다. 그들은 다른 사람들을 바라보면서 벽에 몸을 기대고 있었다.

베르나르가 조제에게 뭐라고 질문하자 조제가 턱짓으로 파니의 후원을 받고 있는 젊은 음악가를 가리켰다. 피아노 앞에 앉아 있던 그 음악가가 연주를 하기 시작했다.

조제가 속삭였다.

"나 저 음악 알아요. 아주 아름답죠."

베르나르가 대답했다.

"작년에 연주했던 것과 똑같군요. 당신 기억나요? 우리는 저기에 있었죠. 똑같은 모습으로. 그리고 저 음악가도 같은 곡을 연주하고 있었어요. 다른 생각이 떠오르지 않나 보죠. 하기야 우리도 마찬가지예요."

조제는 대답하지 않았다.

그녀는 거실 다른 쪽 끄트머리에 있는 자크를 바라보았다.

베르나르가 그녀의 시선을 뒤쫓았다.

"언젠가 당신은 그를 사랑하지 않게 될 거예요. 그리고 언젠가 나도 당신을 사랑하지 않게 되겠죠."

그가 부드러운 목소리로 덧붙였다.

"그리고 우리는 다시 고독해지겠죠. 그렇게 되겠죠. 그리고 한 해가 또 지나가겠죠……."

"나도 알아요."

조제가 말했다.

그녀는 어둠 속에서 그의 손을 잡고 잠시 힘을 주었다. 그에게 시선을 돌리지 않은 채.

그가 말했다.

"조제, 이건 말이 안 돼요. 우리 모두 무슨 짓을 한 거죠? ……
대체 무슨 일이 일어난 거죠? 이 모든 것에 무슨 의미가 있죠?"

조제가 상냥하게 대답했다.

"그런 식으로 생각하면 안 돼요. 그러면 미쳐버리게 돼요."

프랑스의 감수성 사강을 이해하기 위해……

여기 한 작가가 있다. 프랑수아즈 사강. 비평가들은 작품 속에 사강의 코드가 얼마나 기이하게 배치되는지 잘 알지 못한다. 모든 문학에 공통되는 이론과 기법은 애초에 배제되어 있다. 사강은 이런 말을 한 적이 있다. '나는 한 번도 내 작품들을 통해 평가받지 못했어요. 사강이라는 사람으로 평가받았죠. 시간이 흐르자 작품을 통해 평가받게 됐어요. 그리고 나는 그것에 익숙해졌죠." 이런 경우는 아마도 현대문학계에서 매우 특이한 일일 것이다. '작가'를 너무나 좋아한 나머지 그의 작품은 상대적으로 덜 조명받은 것이다. '매혹적인 악마'(프랑스 소설가 프랑수아 모리악이 사강을 이렇게 평했다.—옮긴이)가 된 이후 사강은 미묘한 감정을 경험했다. 그녀는 이렇게 말했다.

"나는 하나의 물건, 하나의 사물이 되었어요. 사강 현상, 사강 신

화. 하지만 부끄러웠어요. 나는 유명인이라는 틀 속에 갇힌 죄수였
죠. 나는 알코올에 빠졌고, 사소하고 음울한 육체관계에 탐닉했고,
영어 표현들을 더듬거렸고, 그럴듯한 경구들을 내뱉었고, 실험실의
닭처럼 뇌를 박탈당했어요."

— 『대담들』 중에서

사람들은 돈을 벌기 위해, 성공하기 위해 '유명인사'가 되려
고 하고 '신화'가 되려고 한다. 하지만 사강은 자신이 해야 할
일을 단순화하기에는, 소리 없이 얌전히 지내기에는 너무나 자
유분방했다. 담배를 피우고 위스키를 마시며 재즈를 즐기는 사
강에게 생 트로페, 도빌, 아스통 마르탱 등은 그녀의 즐거운 놀
이터였다. 사강은 니미에, 위그냉, 카뮈(모두 자동차의 스피드를 즐기
던 문인들—옮긴이)와 친분을 맺었고, 그들에 대해 이렇게 기록했
다. "콘솔박스 속에 영혼을 반환한 혹은 반환할 뻔한 작가들."

그녀의 이러한 행보는 호사가들의 욕구를 충족시키고도 남
았다.

그녀에 대한 일화를 열거하자면 한도 끝도 없을 것이다. 하지
만 모리악의 발언에 주목하자. 만약 우리가 어떤 희생을 무릅쓰

고라도 사강을 이해하고 싶다면 적어도 모리악의 관점에 대해 알 필요가 있다. 모리악은 프랑수아즈 사강에게서 "지나칠 정도로 재능을 타고난 소녀" 외의 다른 면을 보았다. 모리악은 그녀가 가진 "악(惡)을 분별해내는 능력"을 이야기한다. 그것은 『슬픔이여 안녕』에 잘 나타나 있다.

*

모리악은 사강의 첫 소설, "프랑스인의 정신적 삶을 증언하는 작품" 『슬픔이여 안녕』을 수상작으로 결정한 것에 대해 프랑스 문학비평상 심사위원들을 비난한 바 있다. 또한 사람들은 젊은 프랑수아즈가 '심오함이 부족하다'는 이유로 비난받았다고 말한다. 혹평을 많이 듣는 것은 젊은 작가에게는 오히려 좋은 징조다. 그런 과정을 겪고 얻어진 '정신성'은 정치성보다 훨씬 더 큰 힘을 가지며, 문학성을 추구하는 데 더욱 무거운 짐이 된다. 프랑수아즈 사강은 "비극은 어떤 면에서 인생과 닮았을까?"라는 주제로 대학입학자격시험을 치러 20점 만점에 17점을 맞았다. 그녀는 충분히 심오한 깊이를 가지고 있었다.

그녀는 글을 쓰는 사람이었지만, 사실 그녀에게 문학보다 더 낯선 것은 없었을 것이다. 그녀는 『어떤 미소』에서 도미니크의 입을 통해 '얼굴 찌푸림' 이라는 표현을 사용했다

"그것은 단순한 이야기였다. 얼굴을 찌푸릴 이유가 없는 것이다."

얼굴을 찌푸리지 않는 것은 평소 사강의 생활 방식이기도 했다. 사르트르는 한 술 더 떠 그녀에 대해 다음과 같이 말했다. "당신은 친절하오. 오직 지성적인 사람들만 친절하지."

지성은 아무것에도 속지 않는 것이다. 특히 말에 속지 않는 것이다. 지성은 또한 불운한 동료에게 훈계를 늘어놓지 않는 것이다. 그들 역시 어쩔 수 없이 그렇게 된 것이니 말이다. 지성은 또한 도덕이나 교훈을 기분전환 거리로 삼지 않는 것이다. 그런 것은 꿈속에나 존재한다. 프랑수아즈 사강은 두 눈을 크게 뜨고 세상을 바라본다.

비극은 어떤 면에서 인생과 닮았을까? 그녀는 인생에 대한 사탕발림 같은 환상을 벗어버리고 용기와 단순함을 추구한다. 삶은 우리를 위해 만들어진 것이 아니다. 삶은 우연히 혹은 부주의

에 의해 만들어졌을 것이다. 적대적이고 음험한 무언가가 우리의 모든 이론들에 대한 그리고 우리 자신에 대한 이유를 최종적으로 제시해줄 것이다.

"우리 모두 무슨 짓을 한 거죠?…… 대체 무슨 일이 일어난 거죠? 이 모든 것에 무슨 의미가 있죠?" 조제가 상냥하게 대답했다. "그런 식으로 생각하면 안 돼요. 그러면 미쳐버리게 돼요."

—『한 달 후, 일 년 후』 중에서

그러므로 우리는 '습관에 의해' 행복할 것이고 예의바를 것이다. 왜냐하면 살아간다는 것의 행복은 "죽는다는 것에 대한 막연한 희망"과 이웃이기 때문이다. 우리는 모두 "사물의 무지막지함"과 모든 것의 밑바닥에 도사리고 있는 권태를 좌절시킬 만큼 충분히 강하다. 그러므로 자기 자신만을 바라보아야 한다. 만약 삶이 『어떤 미소』의 도미니크가 느끼는 것처럼 "긴 속임수"라면, 그 속임수는 너무나 고독한 나머지 길을 잃어버렸을 것이다. 하지만 그 속임수는 순진한 사람들과 계속해서 게임을 할 것이다. 순진한 사람들은 규칙에 따라 게임에 임하면 이길 거라고 생각한다. 그러나 이보다 더 불행한 일이, 이보다 더 자연에 반하는 일이 어디 있겠는가? "그런 식으로 생각하면" 우리는 모두 기분전환 거리 없는 고독한 왕이 아니겠는가? 샤강은 마치 자기 자신에 대해 이야기하듯 "가장 위대한 운명이 약속되어 있는" 젊은 금발 청년에 대해 이야기한다(『영혼의 상처』중에서). 시간은 흘러가고 우리를 끌고 간다. 하지만 그러면 "미쳐버리게 된다." 이런 식으로 생각할 수도 있는 것이다.

작가의 성실함은 형이상학의 힘으로 독자들을 지나치게 겁주지 않는 데 있는 것이 아닐까…….

필리프 바르틀레

---

* 필리프 바르틀레 – 프랑스의 작가·저널리스트. 『앵무새 교살자』, 『바다뱀에게 책 읽어주기』, 『프랑스 찬가』, 『바랄립통』 등의 저서가 있으며 아카데미 프랑세즈 문학상, 콩쿠르 상을 수상했다.

20세기 중반 파리의 남녀들이 펼쳐 보이는
사랑과 젊음의 덧없음

『한 달 후, 일 년 후』는 1957년 발표된 사강의 세 번째 소설이다. 첫 소설 『슬픔이여 안녕』이나 두 번째 소설 『어떤 미소』에 비해 상대적으로 많이 알려지지 않았지만, 몇 년 전 일본 영화 〈조제, 호랑이 그리고 물고기들〉에서 여주인공이 이 소설을 좋아하여 소설 속 여주인공 이름인 '조제' 로 불리고 싶어 하는 대목이 등장하면서 젊은이들에게 새로운 관심을 불러일으켰다. 사강 역시 조제라는 인물에 대해 꽤나 큰 애착을 가졌던 듯, 사 년 뒤인 1961년 희곡 「신기한 구름」에 조제를 다시 등장시킨 바 있다.

조제는 이십대의 여성으로, 부유한 집안에서 태어나 남부러울 것 없는 생활을 하고 있지만 자신이 무익한 존재라는 느낌을 갖고 있으며, 마음에 드는 일, 자신을 열광하게 만드는 일을 정열적으로 하고 싶다는 목마름을 갖고 있다. 그녀는 소설가 지망생인 베르나르와 한때 연인 관계였지만 지금은 연하의 의대생

194

자크를 남자친구로 두고 있다. 베르나르는 금발의 착한 아내 니콜과 함께 살고 있지만 아내에게 애정이 없다. 그들은 월요일마다 자신의 집에서 살롱을 여는, 출판사에 다니는 교양 있는 오십대의 남자 알랭 말리그라스를 중심으로 하여 친분을 맺게 된 남녀들이다. 알랭 말리그라스 역시 아내 파니가 아닌 베아트리스라는 무명 여배우를 사랑한다.

소설은 조제를 그리워하며 파리의 밤거리를 쏘다니던 베르나르가 새벽에 어느 카페에서 조제의 집에 전화를 거는 장면으로 시작한다. 그러나 전화를 받은 것은 조제가 아닌 조제의 새 남자친구 자크이다. 베르나르는 말없이 전화를 끊어버린다. 조제는 베르나르에게 여전히 우정과 비슷한 애정을 갖고 있지만, 그를 사랑하지는 않는다.

여기에 알랭의 조카인 젊은 청년 에두아르가 등장하여 베아트리스에 대한 사랑을 불태우고, 힘있는 연극 연출가 앙드레 졸리오가 베아트리스를 눈에 들어하면서 베아트리스에 대한 알랭의 사랑 역시 복잡한 소용돌이에 휘말린다. 베아트리스는 젊은 에두아르의 맹목적인 열정에 마음이 움직여 그와의 만남을 받아들이지만, 졸리오의 등장 이후로는 에두아르의 존재를 귀찮아한다.

에두아르는 마음의 상처를 입고 비슷한 또래인 조제와 자크와의 교류에서 마음의 안정을 찾지만, 교양과 양식을 갖춘 점잖은 알랭은 자신의 마음을 주체하지 못하고 알코올과 타락한 생활에 빠져든다.

한편, 베르나르는 심기일전하기 위해 파리를 떠나 시골로 글을 쓰러 가고, 조제에게 자신의 심경을 토로하는 편지를 보낸다. 베르나르가 두 달 동안이나 시골에 가서 돌아오지 않아 니콜이 괴로워하고 있음을 알게 된 베아트리스가 조제에게 그 사실을 전하며 자기 대신 그녀를 보러 가달라고 부탁하고, 베아트리스의 부탁에 따라 니콜을 만난 조제는 니콜이 임신했다는 사실을 알게 된다. 조제는 니콜과 함께 시간을 보내면서 니콜의 외로움에 지독한 연민을 느낀 나머지 베르나르를 데려오기 위해 그를 찾아간다. 베르나르는 조제가 자기와 다시 시작하려고 찾아왔다고 생각하고, 조제는 원래의 목적과는 달리 그와 호텔에서 며칠을 함께 보낸다. 그러나 그들의 사랑은 그 며칠간으로 끝이 나고, 베르나르는 아내 니콜에게로, 조제는 자크에게로 돌아간다.

베아트리스는 졸리오의 후원 아래 유망한 여배우로서 화려한 조명을 받는 데 성공하고, 오랜만에 다시 열린 알랭의 월요 살롱에서 베르나르는 조제와 조우한다. 베르나르가 거실 저쪽에 있는 자크를 가리키며 조제에게 말한다. "언젠가 당신은 그를 사랑하지 않게 될 거예요. 그리고 언젠가 나도 당신을 사랑하지 않게 되겠죠. 그리고 우리는 다시 고독해질 거예요. 그렇게 되겠죠. 그리고 한 해가 또 지나가겠죠⋯⋯."

작품의 제목인 '한 달 후, 일 년 후'는 작품 속에도 인용되어 있듯이 프랑스의 비극작가 라신의 희곡 「베레니스」 중 로마 황제 티투스와 유대 여왕 베레니스의 이별의 장면에 나오는 대사이다. 이 대사는 서로 사랑하지만 헤어질 수밖에 없는 연인들의 애절한 심정을 표현하고 있지만, 사강은 반대로 이 구절을 통해 한때는 사랑했지만 세월이 흐르면 변하고 잊혀지게 마련인 남녀간의 사랑과 젊음의 덧없음을 애련하게, 조금은 냉소적으로 설파하고 있다.

제2차 세계대전 이후의 파리를 무대로 아홉 남녀의 각기 다른 사랑의 풍경을 펼쳐 보이고 있는 이 소설을 읽으면서 우리는 과연 사랑은 무엇이고 젊음은 무엇인가 하는 질문을 하게 된다. 사람마다 생각하는 바는 다르겠지만, 다음의 두 구절이 이에 대한 작가의 생각을 독자들에게 어렴풋하게나마 보여줄 듯싶다.

"우리는 모두 사랑의 열정이 대도시의 한가운데에 만들어내는 이런 조그마한 구역들을 알고 있다."

　"젊음이 맹목에 자리를 내줄 때, 행복감은 그 사람을 뒤흔들고 그 사람의 삶을 정당화하며, 그 사람은 나중에 그 사실을 틀림없이 시인한다."

2007년 겨울

최 정 수